KB058855

"미안!
역시 눈앞에서 여동생이 당하는 모습을
잠자코 지켜볼 수는 없더라고……!"

Author
하야켄
Illustrator
Nagu

# 영웅왕, 극한의 무를 위해 전생하다

## 그리고 세계 최강의 견습 기사가 되다♀

레오네
Leone

배신자인 성기사 레온을
오빠로 둔 기사학과 소녀.
잉그리스 일행과 떨어진 채
알카드에서 작전 활동 중.

"방해를 좀 하겠다.
동지를 지키려는 자를
내버려둘 수는 없거든……."

시스티아
Sistia

반하이랜더 조직인 혈철쇄
여단에 소속된 하이랄 메나스. 어째서인지
유아를 대하는 태도가 부드럽다.

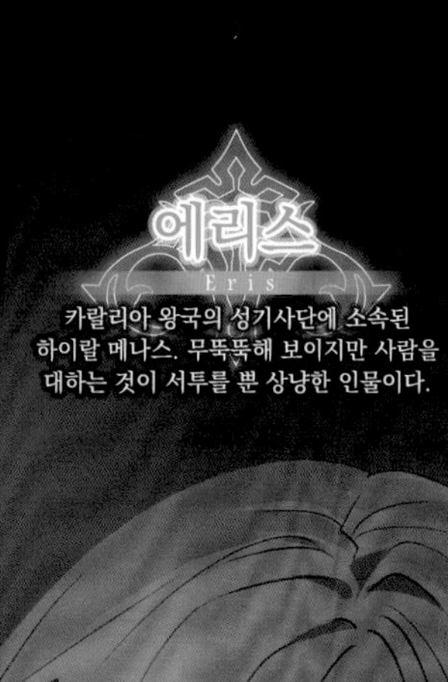

에리스
Eris
카랄리아 왕국의 성기사단에 소속된
하이랄 메나스. 무뚝뚝해 보이지만 사람을
대하는 것이 서투를 뿐 상냥한 인물이다.
유아
Yua
종기사학과에 소속된 2학년생.
무기력한 성격의 무인자지만
실력은 발군.
"하이랄 메나스……?!
혈철쇄 여단의……?!"

잉그리스가 정면의 라파엘을 올려다보며 말했다.
그리고는 손을 뻗어
라파엘의 뺨에 가져다 댔다.

잉그리스
(크리스)
Inglis
머나먼 미래에 미소녀로 전생한 전 영웅왕.
프리즈마를 쓰러트리기 위하여
결전의 땅인 아르멘 마을로 향했다.

"건승을 빌게요……….
저기, 눈을 감아 주시면 고맙겠어요."

8

# 영웅왕, 극한의 무를 위해 전생하다

## 그리고 세계 최강의 견습기사가 되다 ♀

Author 하야켄
Illustrator Nagu

Eiyu-oh,
Bu wo Kiwameru
tame Tensei su.
Soshite,
Sekai Saikyou
no Minarai Kisi "♀".

S NOVEL+

커버 그림, 본문 일러스트 | **Nagu**

Eiyu-oh,
Bu wo Kiwameru tame
Tensei su.
Soshite, Sekai Saikyou no
Minarai Kisi "우".

# CONTENTS

알카드 왕국, 릭클레어 인근의 야영지.

현재 카랄리아 쪽 국경에 포진해 있던 알카드군이 릭클레어로 접근 중이었다.

군대를 이끄는 것은 라티의 형인 윈젤 왕자.

한편 릭클레어는 하이랜더와 하이랄 메나스의 지배에서 이제 막 벗어난 참이었다.

마을은 괴멸되었고, 그 땅마저도 부유마법진에 의해 빼앗기고 말았다.

하지만 그래도 해방의 주역인 라티 왕자의 통치 아래 예전의 모습을 되찾아 나가려 하고 있었다.

결코 같은 나라의 군대에 공격받을 상황이 아니었다.

그런데도 윈젤 왕자는 부대를 이끌고 이곳으로 향하고 있었다.

"엣취!"

라티가 크게 재채기를 했다.

야영지에 임시로 세워놓은 병사용 숙소.

숙소에서는 라티와 프람, 기사대장 루인, 레오네, 리제롯테가 모여 대응책을 검토하고 있었다.

"라티, 괜찮아요? 콧물이 나왔어요. 닦아드릴 테니까 가만히 계세요."

"돼, 됐어! 내가 할게!"

"라티 왕자님. 부디 건강에 신경을 써 주십시오. 자신의 몸을 소중히 하셔야 합니다."

루인이 라티에게 진언을 올렸다.

"알았어. 하지만 상황이 상황이다 보니……."

"이런 상황이기 때문입니다. 저들이 노리는 것은 왕자님입니다. 그러니 만에 하나라도 왕자님의 신변에 무슨 일이 있어서는 안 됩니다. 작은 문제도 백성들의 불안으로 이어질 수 있습니다."

루인의 말대로였다.

외부의 적으로부터 알카드를 지키기 위해 군대가 움직이는 사태는 이미 끝났다.

하이랄 메나스는 떠나갔고, 국경 근처까지 진격했던 카랄리아 군도 돌아갔다.

지금부터는 알카드의 집안싸움이었다.

제삼자의 눈에는 라티 왕자와 윈젤 왕자의 권력 투쟁으로 보일 수밖에 없는 것이다.

라티는 커다란 한숨을 내쉬었다.

"정말이지, 형님은 대체 뭘 하자는 건지……! 이런 짓을 저지를 사람은 아니었는데."

리제롯테는 그 말을 들으며 레오네에게 귓속말했다.

"레오네도 건강 관리에 신경을 쓰는 게 좋아요. 알았죠?"

"응? 그럴게."

레오네는 어리둥절함을 느꼈다. 굳이 건강을 지적받을 이유가 없었다.

그래도 자신을 걱정해 주는 리제롯테의 마음 씀씀이가 고마웠기에 순순히 대답했다.

"밤늦게까지 숲에서 훈련하고 계시잖아요? 용의 힘…… 드래곤 로어를 자유자재로 다루기 위한 훈련이죠? 멀리서도 용의 포효가 들리던걸요."

"뭐?"

확실히 레오네의 마인무구에는 잉그리스가 드래곤 로어라고 명명한 용의 힘이 깃들어 있었다.

드래곤 로어. 반투명한 환영룡을 소환하여 자신의 권속처럼 다루는 힘으로, 드래곤 로어가 발동되면 환영룡이 나타나 우렁찬 포효를 내질렀다.

하지만 잉그리스와 라피니아가 부활한 프리즈마를 퇴치하기 위해서 떠나간 지 사흘. 레오네는 딱히 밤중에 훈련한 적이 없었다.

밤에는 잠만 잤던 레오네로서는 리제롯테가 무슨 말을 하는지 알 수가 없었다.

"리제롯테, 무슨 소리를……."

레오네가 자세한 설명을 요구하려던 그때, 숙소의 문이 활짝 열렸다.

"라티 왕자님! 루인 대장님! 윈젤 왕자님으로부터 답변을 받아 왔습니다!"

윈젤 왕자의 부대에 사절로 파견했던 기사였다.

루인의 제안에 따라 윈젤 왕자에게 릭클레어로 행군하는 의도와 목적을 묻는 서한을 보내 두었다. 동시에 알카드 왕궁에는 왕자 간의 내전이 벌어지기 직전임을 알리는 서한을 보내 놓았다.

"고맙다. 고생했어. 어디 한번 보자고."

라티는 기사를 격려하며 답변이 적힌 편지를 받아 들었다.

편지를 읽는 라티의 얼굴이 점점 어두워져 갔다.

이윽고 라티는 분노와 서운함이 뒤섞인 복잡한 표정을 지었고…….

"푸엣취! 젠장……!"

"뭐가 마음에 안 드는데요? 재채기가요? 아니면 편지가?"

프람은 그렇게 말하며 라티의 코를 닦으려 했다.

"양쪽 다야! 그리고 말했잖아……! 내가 닦는다니까!"

"아하하."

"사이가 좋네요."

레오네와 리제롯테가 흐뭇한 얼굴로 말했다.

하지만 지금 중요한 것은 편지의 내용이었다.

"왕자님. 편지를 봐도 되겠습니까?"

"그래. 모두에게 읽어 줘."

라티에게서 편지를 받아 든 루인은 다른 일행들도 들을 수 있도록 본문을 읽어 나갔다.

"……과연. 라티 왕자는 카랄리아와 내통하여 알카드의 영지를 하이랜드에 팔아넘겼다. 따라서 릭클레어는 해방된 것이 아니라

부당하게 점거당한 상태에 불과하다. 우리야말로 진정으로 릭클레어를 해방할 자들이다, 라는군요. 거짓과 진실을 뒤섞어 놓아서 그런지 주장 자체는 제법 그럴듯합니다.”

“말도 안 돼요! 레오네도, 리제롯테도, 이곳에 없는 잉그리스도, 라피니아도! 모두 릭클레어의 주민들을 위해서 그렇게나 노력했는데……! 너무해……!”

프람이 화난 목소리로 외쳤다.

“그래도 우리가 라티의 협력을 받아서 알카드에 잠입한 건 사실이잖아. 그것도 내통이라면 내통이지. 부당한 점거라는 말은 마음에 안 들지만.”

“그럴듯한 명분을 내세운 건 피차 마찬가지라 이거군요. 루인님, 저쪽에서 뭔가 요구하는 게 있나요?”

“있더군. 카랄리아의 기사들은 즉시 본국으로 돌려보낼 것. 라티 왕자를 국외로 추방할 것. 릭클레어 영지를 양도할 것…….”

“흐음…… 그렇군요. 생각하기에 따라서는…….”

리제롯테가 의미심장한 말투로 입을 열었다.

레오네도 그녀가 무슨 말을 하려는지 짐작이 갔다.

순순히 요구에 따르는 것도 하나의 방법이 될 수 있다.

먼저, 카랄리아의 기사인 레오네와 리제롯테를 본국으로 돌려보내라는 요구에는 아무런 문제가 없었다. 원래 사태가 마무리되면 돌아갈 예정이었다.

라티를 추방하라는 요구의 경우, 일단 요구를 받아들인 뒤 알카드 국왕에게 추방을 취소해 달라고 부탁하는 방법을 생각해 볼 수 있었다.

어디까지나 윈젤 왕자의 요구일 뿐, 국왕의 명령이 아니기 때문이다.

어차피 이미 상황을 설명하는 서한을 왕궁으로 보내 두었다. 라티는 알카드 왕의 친자식이었으며, 윈젤 왕자는 양자였다.

사정을 파악한 국왕은 약정을 파기시켜 라티가 알카드로 돌아올 수 있도록 조치해 줄 터였다.

"그러게. 함정일 가능성도 있기는 하지만……."

레오네의 말처럼 이쪽을 방심시킨 뒤 라티를 암살하려는 시도일 가능성도 있었다. 그렇게 되면 레오네와 리제롯테가 실력을 발휘하겠지만.

알카드군 전체를 상대하는 것보다는 암살자와 싸우는 편이 오히려 희생자를 줄이는 길일 수도 있다.

하지만 이어지는 루인의 한마디가 레오네와 리제롯테의 머릿속을 떠돌던 생각을 뒤엎어 버렸다.

"마지막 요구는 이거다. 프람 님의 신병을 넘길 것……. 이상이 윈젤 왕자가 내건 조건이다."

""뭐라고요!""

프람의 오빠인 하림은 하이랄 메나스 티파니에의 수하로 들어가 릭클레어와 주변 마을을 황폐화시켰다.

하림은 촉망받는 행정관이자 대신의 아들이기도 했다.

그만큼 그의 배신은 충격은 컸으며, 사람들이 느끼는 증오도 적지 않았다.

프람에게는 죄가 없지만, 사람들은 자신의 분노를 쏟아낼 대상이 필요했고, 프람은 그 대상으로 적격이었다.

따라서 윈젤 왕자의 요구는 받아들일 수 없었다.

"방금 했던 말은 취소예요. 끝까지 맞서 싸우겠어요!"

"나도! 요구는 받아들일 수 없어!"

"그, 그래도 저에 관한 것만 제외하면 나쁘지 않……으읍?!"

"너는 조용히 있어……! 그 부분에 대해서는 이미 충분히 대화를 나눴잖아."

라티가 손으로 프람의 입을 틀어막았다.

"라티의 말이 맞아요."

"잘했어, 라티!"

프람은 자신을 넘기라고 말하고 싶은 모양이지만 그럴 가능성은 추호도 없었다.

애초에 그럴 생각이었다면 라티가 야영지에 모인 사람들에게 프람을 왕비로 맞이하겠다고 선언하지도 않았을 것이다.

레오네와 리제롯테도 라티의 그 행동에는 감동했다.

따라서 라티의 결정을 존중해 주고 싶었다. 그게 전부였다.

"미안해, 다들. 민폐를 끼쳐서……."

"아뇨, 어차피 한배에 탄 입장인걸요."

"신경 쓰지 마."

바로 그때 루인이 프람을 타이르듯 입을 열었다.

"프람 님. 첨언을 해드리자면…… 라티 왕자님이 추방되실 경우, 아마도 알카드로 다시 돌아오기는 힘드실 겁니다. 그러니 프람 님께서 희생하시더라도 원하는 결과를 얻기는 어렵지 않을까 싶습니다."

"네……? 어째서인가요, 루인 씨?"

프람의 의문은 일행들 모두의 의문이기도 했다.

다들 묵묵히 루인의 말에 귀를 기울였다.

"안타깝지만, 국왕 폐하께서는 곧 왕권을 잃으실 것이기 때문입니다."

"뭐……?! 무슨 소리야……?! 설마 아버지가 중병을 앓고 계신가?! 아니면 암살 계획이라도……?!"

"아뇨. 자연스럽게 왕좌에서 물러나실 겁니다. 카랄리아쯤 되는 강대국에 자객을 보내고, 침공하려 했다는 사실을 없었던 일로 치부할 수는 없습니다. 국왕 폐하는 상황이 진정되는 대로 카랄리아 측에 용서를 구하고 관계를 개선하려 하시겠지요. 하지만 그러기 위해서는 그에 걸맞은 태도를 카랄리아에 보여야 합니다. 최소한 국왕 폐하께서 사태의 책임을 지고 퇴위하시는 정도는 되어야겠지요."

"……! 그렇구나……. 카랄리아에는 사죄만으로 끝날 사안이 아니니까……."

"어쩌면 국왕 폐하의 자결이나 영토의 양도, 막대한 배상금 등의 조건들을 제시할 가능성도 있습니다. 이 사태를 피하려면 우리가 먼저 머리를 숙여야 합니다. 어쩌면 국왕 폐하께서는 이미 릭클레어가 해방되었다는 이야기를 듣고 카랄리아 측에 접촉했을 가능성도 있습니다. 사과의 뜻을 전하기 위해서 말이죠."

"……그렇지. 빠르면 빠를수록 좋으니까."

"이런 상황에서 라티 왕자님이 국외로 추방되신다고 가정해 봅시다. 국왕 폐하께서 라티 왕자를 도로 불러들이라 명한들, 곧 왕좌에서 내려올 폐하의 명령을 그 누가 따르려 하겠습니까? 윈젤 왕자님께서 명령을 거부하고 국왕 폐하를 규탄한다면……. 국정 관계자들은 권력 다툼이 길어져 카랄리아 측의 공분을 살 것을 우려하고 있습니다. 결국 윈젤 왕자의 편을 들어 왕의 의향을 무시하고 퇴위를 강요하겠지요. 그것이 가장 안전한 방법이기 때문입니다. 아시겠습니까? 지금 이 시점에서 국외로 추방당한다면 왕권과는 영원히 작별입니다. 프람 님과도 두 번 다시 만나지 못하실 겁니다. 저로서는 도저히 권해드리고 싶지 않군요."

"……잘 알았어, 루인. 물러선다는 선택지는 없다 이거군. 너도 이해했지, 프람?"

"아, 알겠습니다……! 죄송해요. 더는 쓸데없는 소리 하지 않을게요……!"

프람은 진지한 얼굴로 고개를 끄덕여 보였다.

"참고로 방금 의견은 잉그리스 군과 의논해서 내린 결론입니다. 잉그리스 군은 윈젤 왕자가 이런 요구를 할 것을 예상하셨더군요."

"하하하……. 정말로 모를 녀석이라니까. 도대체 어디까지 내다본 건지. 다른 말은 없었고?"

"이 국면에서 퇴각은 완전한 패배를 의미한다고 하셨습니다. 대신, 상대가 이쪽으로 향하는 것은 호기이므로 이곳에서 누가 왕위를 이을지 결판을 내야 한다고."

루인이 잉그리스의 말을 전하자 레오네가 고개를 끄덕였다.

"……이럴 때 잉그리스의 안목은 항상 들어맞아. 결판을 내라는 잉그리스의 말은 우리가 충분히 해낼 수 있다는 뜻일 거야, 분명."

"신뢰에는 보답하는 게 도리겠지요. 다만, 이쪽 전력은 저희를 제외하면 기사 몇이 전부. 머릿수에서 밀리는 건 사실이에요."

"맞아. 우리가 분발해야 해……! 잉그리스는 모조리 기절시키면 된다고 했지만, 우리 실력으로는 무리겠지. 그러니 각오를 다질 필요가 있어……."

그것은 바로 전쟁할 각오였다.

지금껏 인간을 상대로 싸워본 적이 없지는 않았지만, 본격적으로 군대와 전쟁을 벌이는 것은 처음이었다.

"……솔직히 마석수와 싸우는 쪽이 마음은 훨씬 편할 것 같아요. 하지만 지금은 약한 소리를 할 때가 아니죠. 싸울 수밖에 없다면 싸울 뿐이에요."

서로를 향해 고개를 끄덕이는 레오네와 리제롯테. 루인은 그런

두 사람의 믿음직한 모습을 바라보면서 사절로 다녀온 기사에게 물었다.

"적 부대가 어떤 장비를 입고 있는지는 확인했나? 플라이 기어와 플라이 기어 포트는 몇 대나 보유하고 있었지……?"

"많지 않았습니다. 정찰용과 물자 수송용 기체가 전부인 듯합니다."

"그런가! 전군을 수송할 함선이 없으니 지상을 통해서 행군해 오겠군……!"

"예. 적들의 플라이 기어와 플라이 기어 포트는 지상의 주력 부대를 보조하는 형태로 활용되고 있습니다."

"나쁘지 않아……! 그 작전을 쓸 수 있겠어."

루인이 힘차게 고개를 끄덕였다.

"작전? 방법이 있는 거야, 루인?"

"예. 이것도 잉그리스 군과 의논해서 얻은 결과물입니다. 수적으로 열세인 상황에서 정면 돌파는 무모한 짓이지요. 작전으로 맞서야 한다는 점에서 의견이 일치했습니다."

"농담이지? 혼자 돌격해서 전부 기절시키겠다고 말하던 거 들었잖아. 수적으로 열세인 상황이라서 정면 돌파를 하는 녀석이라고……."

"흐음……. 잉그리스 군은 그 자체로 하나의 전략적 수단이라고 생각해야지 않을까요."

루인이 진지한 얼굴로 말했다.

"하하. 뭐든 부르기 나름이라 이건가."

라티는 그 멋들어진 표현에 감탄했다.

"그 애는 사람의 범주를 넘어섰다는 뜻이구나."

"뭐, 일리가 있네요. 그렇게 해석하는 수밖에 없겠어요."

"저, 잉그리스와 짰다는 작전은 저희도 실행할 수 있는 건가요?"

프람이 루인에게 물었다.

"물론입니다, 프람 님. 잉그리스 군은 무력의 화신이면서 명석한 두뇌까지 지니고 있더군요. 재상이나 군사를 노려볼 만큼……. 어쨌든, 잉그리스 군은 직접 저희를 도와주는 대신에 멋진 작전을 남겨 주었습니다. 열세인 이 상황을 반드시 뒤집어 보도록 합시다."

그리고 루인은 주변의 지형을 기록한 지도를 탁자 위에 펼쳤다.

"저희는 준비되는 대로 출격할 예정입니다. 그리고 이곳으로 이동해 적 부대를 기다립니다."

야영지에서 남쪽으로 조금 내려간 곳에 동서쪽으로 긴 협곡이 있었다. 협곡에는 북쪽과 남쪽을 잇는 다리가 설치되어 있었고, 다리와 인접한 각각의 길 주변은 숲으로 에워싸여 있었다.

루인이 가리킨 지점은 다리의 북쪽 숲이었다.

적군이 다리를 건너자마자 마주하는 지형이었다.

"레아라 협곡의 다리……? 병력이 한꺼번에 다리를 건널 수는 없으니 여기서 기습을 하겠다는 거야?"

"아니요. 당당히 격퇴할 예정입니다. 단, 약간 위장할 거지만요.

잠시 후에 상세히 설명해 드리겠습니다. 적 부대가 이곳을 지나면 작전 수행은 불가능해집니다. 시간과의 싸움이 되겠군요. 그러니 설명을 마치면 곧바로 행동을 개시해 주시기 바랍니다. 그리고 레오네 군, 리제롯테 군……. 작전이 성공해도 최후에는 자네들의 무력에 기댈 수밖에 없다네. 부탁한다."

"알겠습니다!"

"예, 맡겨 주세요……!"

그렇게 작전 회의를 마치고 서둘러 준비에 접어든 레오네와 리제롯테.

"결국 하는 일은 평소하고 똑같은 것 같은데……?!"

레오네가 신룡의 꼬리에 검은색의 대검을 박아 넣으며 말했다.

릭클레어에 야영지가 생겨난 뒤로 질리도록 반복해 왔던 작업. 용의 꼬리 자르기였다.

무엇이든 대충하는 법이 없는 레오네는 땀을 뻘뻘 흘리며 손을 움직였다.

"어쩔 수 없죠……! 필요한 일이니까요."

리제롯테도 마찬가지로 땀을 흘리고 있었다.

"그건 그렇지만……. 잉그리스는 정말이지 용의 꼬리를 좋아하네. 먹기도 하고, 무기도 만들고, 이번에는 작전에 써먹기까지 하잖아."

"상처와 질병에도 효과가 있다고 말씀하지 않으셨나요……? 어쨌든 저도 용의 고기에 호의적이에요. 도축 작업을 계속한 덕분에 저희 마인무구도 강해졌잖아요."

용의 힘, 드래곤 로어.

두 사람의 마인무구에 드래곤 로어가 깃들게 된 것은 대량의 고기를 썰어댔기 때문이었다. 무기에 드래곤 로어가 깃든 것이다.

잉그리스의 경우에는 몸 자체에 드래곤 로어가 깃들었는데, 무식하리만치 많은 양의 고기를 먹은 탓이었다.

"맞아. 좋은 수행이긴 했지……. 이게 마지막인가. 힘내자……!"

"네. 이번에는 다른 분들도 도와주고 계시니 평소보다 빨리 끝날 거예요……!"

신룡의 꼬리를 도려내고 있는 것은 두 사람뿐만이 아니었다.

라티와 프람, 기사들, 그리고 주민들까지 총동원되어 작업에 매진하고 있었다.

"다들, 작업을 서둘러 주게! 끝나는 대로 꼬리를 운반할 테니!"

""알겠습니다!""

루인의 호령에 수많은 사람이 입을 모아 대답했다.

덕분에 작업은 얼마 지나지 않아 종료되었고, 내부의 고기를 도려낸 신룡의 꼬리는 루인이 언급했던 레아라 협곡의 다리로 옮겨졌다.

휘우우우우웅!

싸늘한 바람이 매서운 소리를 내며 두 뺨을 두드렸다.

먹구름 낀 하늘은 흐릿했고, 약간의 눈보라까지 불고 있어 시야가 나빴다.

하지만 몸을 숨기기에는 좋은 날씨였다.

덕분에 부대를 발각당할 일은 없을 것이다.

현재 리제롯테는 아군 부대가 숨어있는 숲 위에서 망을 보고 있었다.

리제롯테가 마인무구로 만들어낸 하얀 날개는 플라이 기어에 비하면 훨씬 작고 조용했다. 따라서 정찰 활동에도 더 적합했다.

그렇다면 이 역할을 맡지 않을 이유가 없었다.

"……그건 그렇고 춥네요."

옷을 최대한 껴입기는 했지만, 여전히 뼈가 시린 추위였다.

"올 거라면 얼른 왔으면 좋겠어요……! 이러다 날개까지 얼겠어요……."

물론 기프트로 만들어낸 날개가 이 정도 추위로 얼어붙을 일은 없었다.

그만큼 춥다는 뜻이었다.

"……?!"

문득 휘날리는 눈보라로 인해 흐릿해진 시야 너머로 무언가가 보였다.

레아라 협곡에 설치된 다리로 접근하는 부대였다.

"왔군요. 작전 개시예요!"

리제롯테는 아군이 은폐 중인 숲으로 내려왔다.
그러자 시야에 들어온 것은 여봐란듯이 길가로 삐져나와 있는 용의 꼬리였다.
꼬리의 수는 셋.
그리고 각 꼬리의 절단면은 흰색의 커다란 덩어리와 연결되어 있었다.
멀리서 본다면 눈으로 뒤덮인 거대한 몸통처럼 보일 것이다.
물론 겉모습만 그럴듯하게 꾸며 놓은 가짜 몸통이었다.
리제롯테가 드래곤 로어의 눈보라 소환 능력으로 만들어 낸 것이다.
"여러분! 적들의 모습을 확인했습니다! 준비는 되셨나요?!"
"리제롯테! 수고했어!"
레오네가 눈덩이로 뒤덮인 몸통 부분에서 얼굴을 내밀었다.
사람이 숨을 수 있도록 안쪽을 파놓았던 것이다.
각각의 몸통에는 열 명 이상의 인원이 숨어서 대기하고 있었다.
"그럼 라티 왕자님, 작전 개시 명령을 내려주십시오!"
루인의 요청에 라티가 고개를 끄덕였다.
"좋아! 다들 시작하자! 정말로 살아있는 것처럼 실감 나게 부탁해!"
""알겠습니다!""
기사들과 주민 중에서 자원한 병사들이 작전 행동에 돌입했다.
이들은 몸통을 파고들어 꼬리의 안쪽까지 이동했다.

그리고 내부에 설치한 골조를 완력으로 움직여 살아있는 생물처럼 보이게 했다.

쿠구구구구궁……! 쿠궁, 쿠궁, 쿠궁!

게다가 여기서 끝이 아니었다.

"나도!"

레오네는 검은색 대검을 치켜들며 상공으로 환영룡을 날려 보냈다.

그워어어어어어어!

환영룡의 포효가 눈보라 치는 하늘에 울려 퍼졌다.

굵직한 꼬리를 꿈틀거리며 포효하는 거대한 생물.

다리를 건너는 적의 병사들이 이 모습을 목격한다면 상당한 위압감을 받게 되리라.

"윈젤 님! 윈젤 님! 큰일입니다!"

릭클레어로 진군 중인 윈젤 부대의 후방.

이제 막 스물을 넘긴 젊은 지휘관 앞으로 한 병사가 허둥지둥 달려왔다.

"무슨 일이냐!"

윈젤이 자신감과 위엄에 찬 목소리로 대답했다.

그가 탑승한 말도 일반적인 말보다 훨씬 커다란 체구를 자랑했다.

검은색 바탕에 붉은 반점을 지닌 특이한 종으로, 갈기와 꼬리의 색깔도 새빨갰다.

특히 꼬리의 경우에는 마치 타오르는 불꽃을 연상시켰는데, 실제로 꼬리에 닿은 바닥의 눈이 녹아내리면서 더욱 범상찮은 박력을 자아냈다.

그리고 윈젤 또한 나이에 걸맞지 않은 침착한 모습을 보여주고 있었다. 보고를 위해 다가온 병사는 그에게서 믿음직한 인상을 받았다.

"예! 다리 건너편 숲에 거대한 마석수가 있습니다!"

"뭣이……?! 마석수라고! 좋아, 직접 확인해 보겠다……! 수고했다!"

윈젤은 말을 몰아 부대의 선두로 이동했다.

말의 속도는 놀라우리만치 빨랐다.

속도만 따지면 플라이 기어로도 따라잡기 어려워 보였다.

이윽고 부대의 선두가 위치한 레아라 협곡의 다리 앞에 도착한 윈젤. 흐릿한 시야 속에서도 그는 다리 건너편을 가로막은 거대한 그림자를 목격할 수 있었다.

"……! 호오, 상당히 커다란 마석수로군……."

통나무를 몇 개나 겹쳐놓은 듯 거대한 꼬리. 눈으로 뒤덮여 있기는 하지만 작은 산에 비견되는 웅장한 몸집.

저 마석수가 몸을 일으키면 도대체 어느 정도일까.

그워어어어어어……!

바로 그때, 무시무시한 포효가 바람을 타고 이곳까지 울려 퍼졌다.

“우, 우오오……?! 대, 대체 뭐야, 저 거대한 마석수는?!”

“저, 저런 녀석이 길을 막고 있으면…… 행군하는 도중에 습격해 오지 않을까……?!”

“하지만 달리 우회할 방법이……!”

그워어어어어어……!

다시 한번 울려 퍼지는 포효.

““히이익!””

병사들은 완전히 겁을 집어먹은 상태였다.

알카드군의 기본적인 특성이기도 하지만, 이 부대에 마인무구를 장비한 기사는 소수였다.

마인무구 보유자로만 구성된 부대를 편성하는 것은 대국인 카랄리아나 군사 국가인 베네픽 정도가 아니면 무리였다.

척박한 토지를 봐도 알 수 있듯 알카드는 가난한 나라였다. 마인무구로 완전무장을 할 여유는 없었다.

카랄리아 침공과 같은 대인 부대에는 마인무구가 필수가 아니었다. 하지만 마석수를 상대로 평범한 무기는 통하지 않는다.

그러니 마인무구가 없는 병사들은 더더욱 두려울 것이다.

하물며 윈젤조차도 저토록 거대한 마석수를 보는 것은 처음이었다.

"진정해라! 소중한 병사들을 마인무구도 없이 마석수에게 돌격시킬 생각은 없다! 전군 정지! 눈보라를 피해 이쪽의 숲속에서 야영 준비를 시작해라!"

윈젤이 다리 근처의 숲을 가리키며 명령을 내렸다.

이리하여 다리를 가운데 두고 거대한 마석수와 윈젤의 부대가 대치하는 구도가 만들어졌다.

"저런 마석수가 세 마리나……. 라티 이 자식, 역시 국내의 마석수 증가가 하이랜더의 기만책이라는 정보는 나를 속이기 위한 거짓말이었나……?"

부대원들이 숲속으로 이동하여 야영 준비에 접어든 사이, 윈젤이 주변에 대고 외쳤다.

"마인무구를 소지한 기사들은 다른 이에게 작업을 맡기고 내게로 집합하라! 진로를 막고 있는 마석수에 관한 대책 회의를 시작하겠다!"

말은 그렇게 했지만 윈젤은 속으로 방침을 정해둔 상태였다.

마석수에게 마인무구도 없는 병사들을 내밀어 봤자 소용없는 짓이다. 따라서 소수정예로 움직여야 했다.

그리고 한 시간 뒤.

"그러면 정예로 선발된 자네들에게 저 마석수들의 정찰을 명한다. 가까이 다가가서 상태를 확인하고, 마석수들이 먼저 공격해온다면 반격하라. 하지만 결코 무리는 하지 말도록. 당해내지 못할 상대라고 판단되거든 곧바로 퇴각해라. 최우선 과제는 한 명의 사상자도 나오지 않는 것이다."

""알겠습니다!""

윈젤이 명령을 내리자 선발된 기사들이 대답했다.

"자, 가라! 출격이다!"

그리하여 기사들을 태운 플라이 기어가 날아올랐다.

윈젤의 부대에는 몇 대 없는 플라이 기어지만 지금처럼 소수 인원으로 구성된 작전이라면 충분히 유용하게 써먹을 수 있었다.

다만…… 윈젤은 날아가는 플라이 기어를 배웅하면서 남들 모르게 한숨을 내쉬었다.

자신이 직접 나서서 마석수를 해치우면 끝날 문제인 것을.

하지만 지휘관이 정체불명의 적에게 돌격한다면 반드시 반대하는 자가 나올 터였다.

따라서 한 번은 부하들에게 믿고 맡기는 모습을 보여줄 필요가 있었다.

본인들의 능력으로는 감당할 수 없다는 사실을 인식시킨 다음에 나서야 불만을 잠재울 수 있었다.

"……내 성미에는 맞지 않지만, 나라를 위해서라면 뭐든 하겠어. 그것이 은혜에 보답하는 길이니까."

윈젤이 작은 목소리로 중얼거렸다.

한편 기사들을 태운 플라이 기어는 협곡 맞은편의 마석수를 향해 접근했다.

그워어어어어! 그워어어어어어!

불현듯 마석수들이 더욱 사납게 포효했다.
거대한 꼬리의 움직임도 눈에 띄게 활발해졌다.
"……!"
"우, 우리의 기척을 알아챈 건가?!"
기사들은 일단 플라이 기어를 멈춰 세웠다.
마석수들의 포효는 여전히 계속되고 있었지만, 몸을 일으켜 습격해 올 기미는 없었다.
"이미 들켰을지도 모르지만, 어쨌든 공격하지는 않는군……."
"조금만 더 다가가 보자……!"
"신중하게! 윈젤 왕자님도 그렇게 명령하셨다!"
"좋아, 가자……!"
다시 한번 접근을 시도하는 기사들.
침착하게. 천천히, 천천히.
"보면 볼수록 엄청난 크기인걸."
"그러게. 무지막지한 놈이야……!"
"이런 마석수가 깨어나서 공격한다고 생각하면……."
기사들과 마석수의 거리는 계속해서 좁혀져 갔다.
"이쯤이면 마인무구로 원거리 공격이 가능하지 않을까……?!"
"일단 우리 공격에 어떻게 반응하는지 살펴보자!"
"알겠어. 그럼 간다!"
기사들은 마인무구를 이용하여 원거리 공격을 감행했다.
화염구와 바람의 칼날이 거대한 꼬리에 명중했지만, 이윽고 모조리 튕겨나 소멸해 버리고 말았다.

공격이 전혀 통하지 않는 듯이 보였다.

"……안 통해?!"

"접근해서 직접 공격을 시도해 보는 수밖에 없나?"

"그건 너무 위험하지 않을까……?!"

"아니, 저걸 봐. 우리의 공격을 맞고도 아무런 반응이 없어……. 조금 더 다가가도 괜찮을 것 같아."

"듣고 보니 그렇군. 어쩌면 몸통이 눈더미에 묻혀서 움직이지 못하는 걸지도……."

"하하하. 설마."

"어쨌든 접근을 시도해 볼 가치는 있어. 만약 다가가도 공격해 오지 않는다면 힘들게 쓰러트리지 않더라도 무시하고 지나갈 수 있을 테니까."

다른 기사들도 그 의견에 동의를 표했다.

"그렇군. 맞는 말이야."

"좋아, 접근해 보자."

"하지만 방심은 금물이야……!"

이윽고 기사들이 탑승한 플라이 기어가 거대한 꼬리 근처로 서서히 내려갔다.

그런데 불현듯 기사들의 시야가 새까맣게 물들었다.

"""……?!"""

"""뭐, 뭐지……?!"""

눈앞에 펼쳐져 있던 새하얀 눈밭도, 차가운 바람 소리도 죄다 사라져 버렸다. 그저 까맣고 적막한 풍경만이 그들을 에워싸고 있었다.

플라이 기어는 아직 공중에 떠 있었지만, 사방이 온통 새까맣게 물들어 있어 어디가 바닥인지도 가늠할 수가 없었다.

"지금이야! 리제롯테!"

기프트를 발동시킨 레오네가 리제롯테에게 외쳤다.

이 새까만 공간은 레오네의 마인무구가 지닌 능력이었다.

이공간을 생성하여 주변의 인간들을 격리, 대피시키는 용도로 활용되었다.

원래는 리플이 불러낸 마석수를 피해 없이 쓰러트리기 위해 세오도어 특사가 마련한 물건이었다. 그것이 지금도 이렇게 도움이 되고 있었다.

이 마인무구야말로 잉그리스가 남기고 간 작전의 핵심이었다.

먼저 적 부대가 반드시 통과해야 하는 길목에 후페일베인의 꼬리로 더미를 만든다.

사람들은 용이 실존하는지 모르기에 이것을 목격한 자들은 거대한 마석수라고 판단할 것이다.

일반 병사는 마석수를 상대할 수 없다.

따라서 상대는 마인무구를 지닌 기사들로 대응하려 할 터였다.
하지만 알카드군에 마인무구를 보유한 기사는 많지 않았다.
즉, 소수정예로 접근해 올 수밖에 없었다.
그러면 레오네가 이들을 마인무구로 이공간에 가둬 무력화시킨다.
상대는 고작해야 십수 명.
이 정도 숫자는 레오네와 리제롯테만으로도 충분히 격퇴 가능했다.
"네, 맡겨 주세요……!"
하얀 날개를 소환한 리제롯테가 플라이 기어에 탑승한 기사들의 등 뒤로 날아들었다.
""엇?! 뭐지……?!""
평범한 기사와 플라이 기어로는 리제롯테의 속도를 따라잡지 못했다.
병사들은 제때 반응하지 못하고 굳어 있었고, 리제롯테에게 이들은 좋은 과녁이었다.
"움직임이 굼뜨시군요!"
리제롯테가 마인무구인 할버드를 앞으로 내질렀다. 그녀의 할버드는 희미한 청백색을 띠고 있었다.
휘우우우우웅!
할버드의 끄트머리, 용의 아가리처럼 생긴 부분에서 차가운 눈보라가 방출되었다.

원래 평범한 할버드 형태였던 리제롯테의 마인무구는 드래곤 로어의 침투로 인해 끝부분이 용의 머리처럼 변형되어 있었다.
신룡의 힘이 깃든 눈보라의 위력은 엄청났다.
잉그리스의 설명에 따르면 신룡의 드래곤 브레스에서 비롯된 능력이라는 모양이었다. 드래곤 브레스는 신룡의 수많은 능력 중에서도 가장 강력한 힘이었다.
어디까지나 힘의 편린에 불과하지만 어지간한 마인무구와는 비교도 되지 않았다.
직격하면 상대방을 얼려 산산조각 내버릴 우려가 있기에 리제롯테는 적들이 탑승한 플라이 기어를 노리기로 했다.
리제롯테가 할버드를 가로로 크게 휘둘렀다.
그러자 드래곤 브레스가 광범위하게 휘몰아쳐 적군의 플라이 기어를 뒤덮어 버렸다.
"우와아아아앗?!"
"떨어진다!"
얼어붙은 플라이 기어가 고도를 유지하지 못하고 추락하기 시작했다.
그리고 그 밑에서는 레오네가 검은색의 대검을 힘차게 휘두르고 있었다.
"험한 꼴을 당하게 해서 죄송해요!"
동시에 기프트를 발동시키는 레오네.
대검의 칼날이 거대화하여 밑으로 떨어지는 기사들을 휩쓸었다.

""우와아아아아앗?!""

""끄아아아아아악!""

단, 레오네는 날을 세우지 않고 검면으로 적들을 타격했다.

막대한 중량을 지닌 대검으로 얻어맞은 기사들은 한참을 날아가 바닥을 나뒹굴었다.

"됐다……!"

이 정도 규모의 적이라면 리제롯테와의 연계로 목숨을 빼앗지 않고 제압할 수 있었다.

대량의 적이 몰려와 야영지를 지키는 싸움이 되었다면 지금과 같은 여유는 없었을 것이다.

필요하다면 주저 없이 처치할 각오는 있었지만, 그래도 가능하면 최소한의 피해로 결판을 내고 싶었다. 같은 인간이기 때문이다.

"다들, 지금이야! 놈들이 기절해 있는 동안에 구속하자!"

후방에서 대기하고 있던 라티가 지시를 내렸다.

""알겠습니다!""

루인과 기사들, 그리고 자원병들이 일제히 행동을 개시했다.

적들을 격리하기 위해 이공간을 생성한 것까지는 좋았지만 불가피하게 근처의 아군들까지 말려들고 말았다.

하지만 딱히 나쁘기만 한 결과는 아니었다. 쓰러진 적들을 지금처럼 신속하게 구속할 수 있기 때문이다.

"레오네! 훌륭했어요!"

"리제롯테도! 덕분에 쉽게 쓰러트렸어!"

"아뇨. 저보다는 이 아이 덕분이에요."

리제롯테가 자신의 마인무구를 뺨으로 문지르며 말했다.

리제롯테는 할버드에 깃든 드래곤 로어가 상당히 마음에 든 모양이었다.

"아하하. 마음에 든 모양이네."

"네……! 기존의 날개만 가지고는 넓은 전장을 누비며 날아다닐 수는 있어도 적들을 확실하게 제압하긴 어려웠잖아요? 공격 수단이 할버드를 휘두르는 것밖에 없었으니까요……. 하지만 이 드래곤 브레스가 있다면 강력한 범위 공격을 가할 수가 있어요……! 제 약점을 완벽하게 보완해 주는 능력이라고 생각해요!"

"그, 그렇구나. 다음에도 부탁할게……!"

"맡겨만 주세요! 잉그리스 덕분에 근심 없이 싸울 수 있게 됐으니까요."

리제롯테가 미소를 지으며 말했다.

잉그리스와 루인의 작전대로라면 대량의 적과 싸울 필요가 없었다. 이쪽을 마석수라 착각하고 소수 인원으로 다가오는 기사들을 차례대로 격파하면 되는 것이다.

덕분에 적을 죽이지 않고 붙잡을 여유도 생겨났다.

레오네와 리제롯테가 받는 정신적인 부담이 훨씬 줄어든 셈이다.

아마도 잉그리스는 여기까지 생각하고 작전을 남겨 놓았을 것이다.

싸움에 관해서는 집요하리만치 열정적인 잉그리스지만, 싸움 외적인 부분에서는 타인의 심정을 이해하고 배려할 줄 아는 포용력이 있는 소녀였다.

"레오네! 모두 묶었어요! 이공간을 푸셔도 괜찮아요!"

프람도 함께였지만, 전투에는 나서지 않았다.

바로 프람의 마인무구 때문이었다.

프람이 하프를 연주하면 주변의 마인무구를 강화할 수 있다. 문제는 상대측 기사들의 마인무구까지 강화되어 버린다는 점이었다.

프람의 능력은 마인무구를 보유한 인간끼리의 전투가 아니라, 마석수와 같은 괴물과의 싸움에서 진가를 발휘한다고 할 수 있을 것이다.

본인도 그 사실을 이해하고 있기에 라티와 함께 서포트에 힘쓰고 있었다.

그렇게 적군을 포박하는 작업을 끝낸 뒤, 라티와 프람은 처음 소환되었던 장소로 이동했다. 이공간이 해제되었을 때 마석수의 몸통 안으로 들어가 있기 위함이었다.

"알았어! 그럼 되돌릴게……!"

레오네가 프람에게 답했다.

이 작전을 반복하다 보면 지휘관인 윈젤 왕자를 끌어내 포박할 수 있을 것이다.

그리고 지휘관을 잃은 부대는 얌전히 투항할 것이다.

윈젤 왕자는 상급 마인을 지닌 실력자라고 들었다.

상대가 마석수라면 직접 처리하기 위해서 나설 가능성이 컸다.

부하들의 실력으로 감당할 수 없다면 결국에는 가장 강력한 전력을 투입할 수밖에 없다.

기본적으로 윈젤은 전투를 선호하는 인물이었다. 따라서 머지않아 반드시 모습을 드러낼 것이다.

그때가 바로 승부처였다. 루인이 최후에는 레오네와 리제롯테의 무력에 기댈 수밖에 없다고 말한 이유가 이것이었다.

그리고 레오네 일행의 예상대로, 얼마 지나지 않아 그 최후의 국면이 도래했다.

## 제2장 ◆ 15세의 잉그리스 왕자와 왕자 2

적들의 선발대를 격퇴하고 몇 시간 후.

다시금 다리 건너편에서 플라이 기어와 기사들로 이루어진 소대가 날아왔다.

숨어서 상황을 살피던 라티는 선두의 플라이 기어에 탑승한 인물을 보더니 심각한 목소리로 레오네와 리제롯테에게 경고했다.

“왔어! 맨 앞에 타고 있는 저 사람……! 윈젤 형님이야……!”

“……! 그래, 알았어. 장본인께서 빨리도 행차해 주셨네.”

“결국 여기까지도 잉그리스의 예측대로군요……!”

“마지막까지 예측대로 흘러가게 해 줘야겠지……. 전부 우리한테 달렸어……!”

일행은 숨죽인 채 윈젤의 모습을 지켜보았다.

대담하게도 윈젤은 선두의 플라이 기어에서 홀로 뛰어내려 이쪽을 향해 걸어왔다.

배짱이 상당한 인물이었다. 최강의 전력인 자신이 나서서 부하들이 더 이상의 피해를 입지 않도록 하겠다는 심산일까. 선발대로 보냈던 기사들이 돌아오지 않았기 때문일 것이다.

레오네는 감탄했지만, 이번만큼은 그 당당한 태도가 역효과로 작용하고 말았다.

레오네는 주변의 일행들에게 눈짓으로 신호를 보냈다.

조금만 더 다가오면 이공간을 펼치겠다는 뜻이었다.

이대로 가면 다른 기사들을 무시하고 윈젤만을 이공간으로 끌어들일 수 있었다.

'지금이다!'

"기프트……! 이공간으로……!"

레오네가 검은색의 대검을 지면에 박아 넣었다.

한순간 시야가 일그러지더니 곧 아무것도 없는 새까만 공간이 나타났다.

전방에는 윈젤 왕자 한 명만이 부하들과 격리된 채로 서 있었다.

노림수가 제대로 적중했다. 앞으로 나선 윈젤만을 이공간으로 끌어들이는 데 성공했다.

그렇다면 서둘러 결판을 낼 뿐!

"리제롯테! 가자!"

"알았어요, 레오네!"

레오네가 내달리기 시작했고, 리제롯테는 그녀의 머리 위를 날아갔다.

그러자 윈젤은 동요하는 기색도 없이 태연하게 중얼거렸다.

"호오. 이 공간은 일종의 기프트인가……. 그렇군. 마석수로 길을 막아서 마인무구를 소유한 자들을 꾀어내 각개격파 한 건가……. 멋진 작전이야."

"그렇게 생각하신다면 지금 바로 항복해 주시죠!"

"안타깝게도 당신은 완전히 고립되신 상태예요……!"

"흐음, 심지어 이런 소녀들이라니. 그리고 그 상급 마인은…….

자네들, 이 나라의 국민이 아니로군? 티파니에의 부하도 아닌 듯하고……. 그렇다면 그 여자가 릭클레어에서 쫓겨나 버렸다는 말이 사실이었나. 그 점에 대해서는 감사를 표하지. 고맙다."

윈젤이 머리를 숙이는 바람에 레오네와 리제롯테는 당황하고 말았다.

"괘, 괜찮아요……!"

"어, 어째 생각했던 것과 다른 사람이네요……."

"그, 그러게……."

레오네는 리제롯테의 말에 동의하지 않을 수 없었다.

어쩌면 대화가 통하는 인물일지도 모르겠다는 생각이 들었다.

"그건 오히려 이쪽이 하고 싶은 말이다. 순수하고 선량한 얼굴들을 하고 있다만……. 본인들이 무슨 짓을 하고 있는지 알고 있나? 알카드를 지키는 내게는 릭클레어를 점거한 것이 티파니에든, 카랄리아의 기사든 별로 다르지 않아. 물론 백성들을 괴롭히는 쓰레기냐 아니냐 하는 차이는 있겠지만, 그래도 침략자인 건 마찬가지이지."

"그, 그렇지 않아요……!"

"저희는 그런 생각으로 이곳에 있는 게……!"

"그렇다면 무슨 생각으로 있는 거지?"

윈젤의 질문에 두 사람은 자신의 행적을 돌이켜 보았다.

처음에 알카드로 넘어온 이유는 카랄리아를 침공하려는 알카드군을 저지하기 위함이었다. 카랄리아가 동쪽의 베네픽과 북쪽의 알카드로부터 협공당하는 상황을 미연에 방지해야 했다.
정변을 일으키거나, 여차하면 군대와 직접 싸워서라도 침공을 막아낼 생각이었다.
그렇다고 구체적인 계획이 있지는 않았다. 어떻게 보면 목적만 가지고 알카드에 잠입한 셈이었다.
게다가 정작 알카드에 가자고 제안했던 잉그리스에게 앞선 이유들은 전부 명분에 불과했다. 잉그리스의 진짜 목적은 강한 적과 싸울 수 있을지도 모른다는 기대감이었다.
잉그리스의 목적은 어느 정도 이루어졌고, 레오네와 리제롯테도 득을 본 것이 사실이었다.
하지만 이 자리에서 대놓고 진실을 밝힐 수는 없었다.
무엇보다 그것은 잉그리스의 목적이지 레오네와 리제롯테의 목적이 아니었다.
두 사람은 자신의 솔직한 심정을 밝히기로 했다.
“저, 저희는 라티와 프라믈 돕기 위해서 이곳에 있어요!”
“맞아요. 침략할 생각 따위는 추호도 없어요! 용건이 끝나면 곧바로 나라를 떠날 거예요……!”
“두 사람 말대로야, 윈젤 형……! 모두 내게 힘을 빌려주고 있을 뿐이야!”
라티가 레오네와 리제롯테의 말을 받아 외쳤다.
도저히 참지 못하고 앞으로 걸어 나온 모양이었다.
그래도 윈젤과 대화를 한다면 라티가 직접 나서는 편이 나았다.

"그러니까 여기서 멈춰! 하이랄 메나스는 쫓아냈어……! 마석수의 소행으로 위장해서 릭클레어를 멸망시킨 것은 바로 놈들이야……! 우리는 처음부터 속고 있었던 거라고! 더 이상 알카드의 동포들끼리 싸울 필요는 없잖아……! 부탁이야!"

라티는 필사적으로 윈젤을 설득하려 했지만 윈젤의 표정은 꿈쩍도 하지 않았다.

"충고 한마디 해 두지. 침략자와 어리석은 지도자들은 다들 그렇게 말한다. 침략자는 당신의 나라를 위해서라고, 당신이 잘되길 원해서라고 말하지. 그리고 어리석은 지도자들은 그런 침략자를 두둔하지……. 너희들이 내뱉은 말이 그 전형적인 예시라고 할 수 있다. 부끄럽지도 않은가?"

"크윽……!"

레오네와 리제롯테는 입술을 깨물었고, 라티는 고개를 숙였다.

"정말로 글렀군. 라티, 넌 뭘 부끄러워하고 있는 거냐."

"뭐……?"

"침략자와 어리석은 지도자가 똑같은 소리를 내뱉는 것은 어째서일까? 머리가 나빠서가 아니다. 그것이 썩 괜찮은 변명거리기 때문이지. 그렇게 말하면 정치적으로 지고 들어가지는 않을 테니까. 그것도 모르고 부끄러움을 느낀다는 말인즉, 누군가가 대신 불어넣어 준 지식이라는 뜻이지. 네가 못된 어른한테 놀아나는 꼬맹이에 불과하다는 소리다."

실제로 대부분의 작전과 방침은 잉그리스의 머리에서 나온 것이었다. 릭클레어에 갇혀있던 포로들을 구출한 뒤부터는 루인까지 참여하여 일행의 참모 역할을 해주고 있었다.

단, 맨 처음에 릭클레어로 가자고 정한 사람은 어디까지나 라티였다. 잉그리스는 라티의 결정을 존중하여 계획을 마련해 주었다.

따라서 잉그리스가 라티를 조종했다는 말은 어불성설이었다. 잉그리스는 라티의 의지에 부응해 주었을 뿐이다. 이것은 의심의 여지가 없는 사실이었다.

"그렇지 않아……! 내가 움직인 건 티파니에와 하림의 만행을 도저히 지켜볼 수 없었기 때문이야……! 그로 인해서 괴로워하는 프람을 지켜줘야겠다고 생각했기 때문이야……!"

"애초에 그 원인은 너이기도 하다……."

윈젤의 눈빛이 매서워졌다.

"뭐라고……?! 내가 무슨 짓을 했는데?!"

"그 반대다. 아무것도 하지 않았기 때문에 이렇게 된 거다!"

"……?!"

"그 하이랄 메나스…… 티파니에는 분명히 끔찍한 여자였다. 그게 네 잘못은 아니지……. 하지만 그런 여자한테 농락당한 하림과 청년들의 마음 깊은 곳에는 무엇이 자리하고 있었다고 생각하나? 그건 바로 이 나라의 미래에 대한 불안감이다. 우리 아버지는 이미 노령의 몸……. 열등감 때문인지 뭣 때문인지는 모르겠다만, 왕위를 이어야 할 너는 타국에서 태평하게 자아 찾기에

나 매진하고 있었지. 국가를 마주하는 네 안일한 자세가 그들의 마음에 의심암귀를 낳았다. 티파니에가 파고들 빈틈을 만든 것이다……! 그 사실에는 아무런 반성도 없나……?!"

윈젤이 라티를 손가락질하며 외쳤다.

그리고 그의 손등에는…….

"……특급 마인?!"

"윈젤 왕자는 상급 마인의 소유자라고 들었는데요……!"

"윈젤 형님이 특급 마인을……?! 내가 알카드를 나오기 전까지는 분명……!"

"마인도 경우에 따라서는 후천적인 성장이 가능하지. 세례함으로 다시 새겨야 하지만……!"

윈젤이 주먹을 강하게 움켜쥐었다.

"봐라, 라티! 이것은 내가 알카드를 위해 힘을 갈고닦아 왔다는 증거다! 이 나라를 마주하는 내 각오다! 내가 이 마인을 새기는 동안에 너는 무엇을 얻었나?! 설마 아군인 척하는 침략자들의 하찮은 계획이 전부라고 말하지는 않겠지……?! 모두 너를 다음 세대의 왕으로 추대할 마음을 잃었다! 목숨을 빼앗을 생각까지만 없다만, 두 번 다시는 알카드의 영토를 밟지 못할 것이다……! 카랄리아의 침략자들도 마찬가지! 그리고 반역자 가문의 역적들은 전부 죄를 물어 처형하겠다!"

"크윽……! 형이 하는 말에도 일리는 있지만, 나도 물러설 수 없어! 이제 더 이상 달아나지 않을 거야! 나는 나의 의지로 이 나

라를 이어받겠어! 그렇게 하기로 정했다고……! 더는 돌이킬 수 없게 되어버린 일들도 여럿 있지만, 지금부터 가능한 일들도 있어……!"

"훗……! 웃기지 마라. 저렇게 가냘픈 소녀에게 기대지 않으면 아무것도 못 하는 무인자 녀석이! 두 세력이 충돌하면 승부를 결정짓는 것은 결국 힘이다……! 너는 나를 함정에 빠트렸다고 생각하는 모양이다만, 내게도 이건 바라던 바다. 릭클레어의 피난민들을 상처 입히지 않고 너희들만 제압하면 모든 것이 해결될 테니까……!"

윈젤은 그렇게 말하며 완전히 전투 태세로 접어들었다.

"얕보지 마……! 나도……!"

라티가 항변하려던 그때, 레오네가 끼어들어 그를 제지했다.

"라티! 이만 물러나!"

"뒤는 저희에게 맡겨 주세요……!"

"미, 미안……! 부탁할게!"

라티는 분한 표정을 지으며 뒤쪽으로 물러났다.

윈젤은 그 모습을 바라보며 한숨을 내쉬었다.

"여자를 베는 건 싫지만 어쩔 수 없군……!"

레오네와 리제롯테는 어리둥절한 기분을 느꼈다. 여태껏 들어본 적이 없는 대사였기 때문이다.

"봐주지 말고 전력으로 오세요!"

"카랄리아의 기사에게 온정을 베푸실 필요는 없습니다……!"

카랄리아의 국민은 예로부터 하이랄 메나스에게 깊은 존경심을 느끼며 살아왔다.

마찬가지로 카랄리아의 기사들도 여성이 강하다는 사실에 위화감을 느끼지 않았다. 그래서 전투에 돌입해도 배려나 방심을 하는 경우가 없었다.

즉, 윈젤의 발언은 하이랄 메나스를 하사받지 못한 국가에서 자랐기에 나온 것이었다. 말하자면 알카드와 카랄리아의 문화 차이였다.

"용감한 소녀들이군. 전장에 선 이상 남녀가 아니라 기사 대 기사라는 건가……! 마음에 들었다. 나 또한 왕족이라고 봐줄 것 없다. 목숨을 빼앗을 각오로 덤비도록……!"

하지만 레오네는 아직 공격에 나서지 못하고 머뭇거렸다. 윈젤은 여전히 아무런 마인무구도 꺼내지 않은 상태이기 때문이었다.

상대는 어떤 무기를 사용할까. 검일까, 창일까, 아니면 활일까.

상대의 무기만 알았더라면 간격을 가늠해 볼 수 있었을 텐데.

윈젤이 하이랄 메나스를 대동한 것은 아니므로 아무리 강해봤자 상급 마인무구일 것이다.

단, 윈젤은 특급 마인의 소유자였다.

라파엘과 레온에 버금가는 실력자라는 뜻이었다.

레오네나 리제롯테보다 강한 인물이 틀림없었다.

레오네도 레온을 따라잡기 위해서 수많은 노력과 훈련을 거듭해 왔지만, 아직 멀기만 한 목표였다.

지금 이곳에서 그 목표에 도달해야 하니 제아무리 레오네라도 긴장이 될 수밖에 없었다.

"레오네!"

"……! 리제롯테……."

"걱정 말아요……! 혼자서 싸우는 게 아니니까요! 레오네한테는 제가, 저한테는 레오네가 있잖아요! 게다가 우리 모두 이곳에 와서 새로운 힘을 얻었어요. 그러니 제법 승산이 있다고 생각해요……!"

리제롯테가 레오네를 고무시켰다.

평소 레오네는 특급 마인을 소유한 오라버니 레온을 붙잡아 가문의 오명을 씻겠다고 공언하고 다녔다.

하지만 막상 가까이서 레오네의 태도를 살펴보면 조금 달랐다. 본인이 인정했든, 하지 않았든 마음속으로는 레온을 무척 존경하고, 나아가 동경하고 있다는 사실을 짐작할 수 있었다.

그렇기에 레온을 뛰어넘겠다는 레오네의 목표는 본인의 실제 실력보다 훨씬 멀게 느껴지는 것이다.

윈젤은 레온과 같은 특급 마인의 소유자였다.

레오네에게 그 사실은 특별한 의미가 있다.

즉, 상대를 너무 높게 평가한 나머지 필요 이상으로 위축되어 버린 것이다.

이것은 결코 좋은 현상이 아니었다. 제 실력을 발휘할 수 없기 때문이다.

리제롯테는 레오네의 긴장을 덜어주고자 일부러 큰소리를 친 것이다.

게다가 딱히 틀린 말도 아니었다.

왜냐하면 잉그리스도 그렇게 말했으니까.

언젠가 리제롯테는 잉그리스에게 자신들의 실력이 어느 정도냐고 물어본 적이 있었다. 그러자 돌아온 대답은 하이랄 메나스가 없다면 특급 마인의 기사와도 두세 명이서 충분히 겨뤄볼 수 있다는 것이었다.

리제롯테도, 라피니아도, 레오네도 꾸준히 훈련하고 실전을 겪으며 성장해 왔다. 기프트와 드래곤 로어가 깃든 마인무구 등을 감안하면 상급 마인을 소유한 기사 중에서도 굉장히 강한 축에 속한다는 것이 잉그리스의 평가였다.

라피니아는 잉그리스와 자매처럼 자라온 사이이기 때문에 본인이 얼마나 강한지 굳이 물어보려 하지 않았다. 아마 굳이 말로 표현하지 않아도 알기 때문일 것이다. 아니면 단지 잉그리스가 늘 곁에 있어서 자신이 얼마나 강한지 걱정할 필요가 없었을 뿐일지도 모른다.

이렇듯 잉그리스는 라피니아를 애지중지하고 있었다.

레오네는 의외로 섬세한 성격이라서 잉그리스에게 자신의 실력이 어느 정도인지 물어보려고 하지 않았다. "레온한테 이길 수 없다"라는 평가를 받기가 두려웠던 것일까. 잉그리스와 함께 훈련하는 경우는 많았지만.

반대로 리제롯테는 라피니아처럼 잉그리스와 눈빛만으로 대화가 통하는 사이도 아니고, 레오네만큼 섬세하지도 않았다. 그래서 예전부터 가벼운 마음으로 잉그리스에게 평가를 부탁하곤 했다.

그렇게 얻은 최근의 평가가 바로 두세 명이서 덤비면 특급 마인의 기사와도 겨뤄볼 수 있다는 것이었다.

리제롯테는 잉그리스만큼 전투에 진심인 존재를 만나 본 적이 없었다.

그래서 평소 잉그리스의 평가에 관심이 많았으며, 전폭적으로 신뢰하고 있었다.

잉그리스도 이쪽의 눈치를 보지 않고 솔직하게 대답해 주는 눈치였다.

한 번은 기사 아카데미의 동기 중에서 누가 잉그리스 다음가는 실력자인지를 물어본 적도 있었다. 그러자 잉그리스는 라피니아에겐 절대로 비밀이라 못을 박으면서 엄청나게 작은 목소리로 레오네일 것이라고 대답해 주었다.

다만, 라피니아와 리제롯테도 비슷한 수준이라고 덧붙였다.

레오네가 반걸음 정도 앞서고 있다는 모양이었다.

그 이후로 잉그리스의 평가가 어떻게 바뀌었는지 다시 물어보는 것도 괜찮을 것이다.

하지만 모든 것은 무사히 카랄리아로 귀환한 다음의 이야기였다.

다행히 리제롯테의 격려로 레오네도 위축된 상태에서 벗어난 모양이었다.

"그래……! 둘이서 힘을 합친다면……!"

"네! 충분히 이길 수 있어요!"

두 사람은 서로를 마주 보며 고개를 끄덕였다.

"그러면 제가 먼저 갈게요!"

리제롯테는 하늘을 날아 윈젤의 등 뒤로 돌아 들어갔다.

레오네와 협공을 하기 위해서였다.

그러고는 거리를 유지한 채로 할버드 끝에서 눈보라를 뿜어 냈다.

휘우우우우우웅!

윈젤의 마인무구는 아직 정체를 드러내지 않은 상황.

그러므로 공중에서 거리를 벌린 채로 공격하는 것이 가장 안전한 방법이었다.

레오네는 대검을 뒤로 당긴 채로 윈젤의 움직임을 주시했다.

빈틈을 보인다면 칼날을 길게 늘려 공격할 생각이었다.

"호오, 날개 말고도 다른 능력이 있었나."

윈젤은 그렇게 말하며 높이 뛰어올랐다. 눈보라를 피하기 위함인 듯했다.

하지만 레오네가 보기에 윈젤의 도약은 실책이었다.

눈보라는 피할 수 있을지 몰라도 착지하기 전까지 자세를 바꾸기가 어렵기 때문이다.

즉, 지금이 공격할 기회였다.

기프트의 정체를 모르는 것은 상대방도 마찬가지……!

"그렇다면!"

레오네는 대각선으로 검을 휘둘렀다.

동시에 칼날을 길게 늘려 윈젤과의 간격을 단숨에 없애버렸다.

"과연. 빈틈을 놓치지 않겠다는 건가……! 하지만……!"

불현듯 윈젤이 이상한 동작을 취했다. 공중에서 양쪽의 발목보호대를 맞부딪친 것이다.

공격을 회피하는 데 아무짝에도 쓸모없는 행동처럼 보였지만 실상은 그렇지 않았다.

발목보호대를 맞부딪친 순간, 윈젤의 발밑에 검붉은 말이 소환되었다.

소환되자마자 윈젤을 등에 태운 말은 바닥을 박차고 도약하여 레오네의 공격 범위에서 빠져나갔다.

"미안하게 됐군. 방금 그건 빈틈이 아니었거든……!"

"기프트로 말을……!"

윈젤의 발목보호대가 바로 그의 마인무구였다. 이 마인무구의 기프트를 발동시켜 검붉은색의 대형마를 소환한 것이다.

레온도 뇌수를 소환하는 마인무구를 애용하고 있기에 불가능한 것은 아니었다.

하지만 레온의 뇌수는 실체가 없었던 반면, 눈앞의 말은 실제로 살아있는 생명체처럼 보였다.

"염마 슬레이프닐……! 나의 애마여!"

윈젤의 목소리가 커다래지는가 싶더니, 어느새 그의 모습이 코앞으로 다가와 있었다.

대검을 휘둘러 빈틈이 생긴 사이에 염마가 무시무시한 속도로 돌진해 온 것이다.

묵직한 마갑을 두르고 있음에도 그 무게가 전혀 느껴지지 않았다.

"크윽!"

왼쪽이든 오른쪽이든 회피할 시간이 부족했다. 그만큼 염마의 돌진은 빨랐다.

그렇다고 해서 돌진을 정면으로 받아내는 것은 현명하지 못했다.

레오네는 칼끝을 발밑으로 향했다.

"늘어나라!"

늘어난 대검이 레오네의 가벼운 몸을 공중으로 띄워 올렸다. 덕분에 레오네는 염마의 돌진에서 벗어날 수 있었다.

염마가 자신을 지나쳐 가자 레오네는 그대로 바닥에 착지하려 했다. 그런데 그때, 푸른 번개가 레오네의 코앞으로 들이닥쳤다.

번개를 날린 것은 염마에 탑승한 채로 뒤를 돌아보고 있는 윈젤이었다.

어느샌가 그는 안장에 거치된 랜스를 뽑아 들고서 이쪽을 겨누고 있었다. 짧아서 다루기 쉬워 보이는 랜스였다.

그 랜스의 끝에서 번개가 뿜어져 나온 것이다. 물론 마인무구의 능력이었다.

도저히 피할 수 없는 상황이었다. 이대로는 당하고 말 것이다.

레오네가 고통을 각오하고 있던 그때, 누군가가 끌어안는 감각과 함께 시야가 한쪽으로 기울었다.

리제롯테가 날아와 레오네를 낚아챈 것이다.

"리제롯테! 고마워……!"

"네, 이게 바로 협력해서 싸운다는 거죠!"

무사히 공격을 회피한 리제롯테는 레오네를 내려준 다음 다시금 윈젤의 등 뒤로 돌아갔다.

그러자 이번에는 윈젤이 공중에 떠 있는 리제롯테에게 번개를 날렸고, 이로 인해서 염마의 움직임이 한순간 멈추었다.

기회라고 여긴 레오네가 앞으로 달려가 거리를 좁혔다.

레오네의 대검도 무한정 늘어나는 것은 아니었다.

멀리서 공격할 경우 상대방이 대검의 최대 길이 밖으로 달아나 버릴 우려가 있었다.

오히려 가까운 위치에서 공격하면 상대를 레오네의 공격 범위 안에 잡아둘 수 있었다.

따라서 공격을 적중시키려면 접근전이 확실했다.

염마가 도움닫기를 하지 못하도록 견제한다는 의미도 있었다.

"이야아아아압!"

레오네는 윈젤로부터 20보가량 떨어진 위치에서 낮게 거머쥔 대검을 베어 올렸다.

나머지 20보의 거리는 마인무구를 이용해 보완할 것이다, 라고 윈젤은 생각했으리라.

하지만 검은색의 대검은 늘어나지 않았다. 그 대신…….

그워어어어어!

환영룡이 포효를 내지르며 윈젤을 향해 돌진했다.

"……!"

윈젤은 번개를 발사하여 자신에게 날아오는 환영룡을 공격했다.

낯선 공격이 윈젤의 주의를 끈 사이, 레오네는 비스듬히 우회하여 상대방의 품속으로 파고들었다.

"이쪽이야! 하아압!"

이번에는 레오네가 윈젤과 염마에게 대검을 직접 내리쳤다.

그러자 윈젤은 비어있던 왼손을 들어 올렸다.

이외의 별다른 회피 동작을 취하지는 않았다.

손으로 막으려는 속셈일까? 가능할 리가 없었다.

그런데 그때, 염마의 꼬리가 제멋대로 움직이더니 안장에 매달린 랜스를 꺼내어 윈젤의 왼손에 쥐여주었다.

까아아앙!

랜스와 검은색의 대검이 충돌하며 날카로운 금속음이 울려 퍼졌다.

"그렇다면 이대로……!"

힘으로 밀어붙여 주겠어!

상대는 한 손. 이쪽은 양손이다.

근력은 윈젤이 앞서지만, 레오네는 두 손의 힘으로 조금씩 밀어붙여 나갔다.
하지만 레오네가 우세를 점하기 직전, 환영룡이 랜스에 전멸당하면서 윈젤의 오른손이 자유로워졌다.
“어설프군!”
오른손의 랜스가 위쪽에서 레오네를 찔러 들어왔다.
“어림없어요!”
레오네는 곧바로 대검을 거두면서 뒤쪽으로 도약했다.
상대가 밀어내는 힘을 이용하여 랜스의 공격 범위 밖으로 회피한 것이다.
그러자 윈젤은 레오네의 착지를 노리고 왼손의 랜스에서 화염을 방사했다.
반대쪽 랜스가 번개라면 이쪽은 화염인 듯했다.
하지만 레오네도 상대방이 자신의 착지를 노리고 공격해 올 것은 예상했다.
레오네는 대검을 아래로 향하며 길게 늘렸고, 검 끝으로 바닥을 건드려 본인의 착지 위치를 살짝 변경시켰다.
윈젤의 화염이 빗나가자 레오네는 곧바로 대검을 휘둘러 환영룡을 날려 보냈다.
윈젤도 오른손의 랜스로 반격을 가했다.
“다시 한번!”
그런데 윈젤의 반격이 끝나기 전, 레오네는 대검을 반대쪽으로 휘둘러 거듭 환영룡을 생성했다.
드래곤 로어에 기반한 환영룡은 기프트와 달리 몇 번을 사용해도 시전자가 지치지 않았다.
마인을 통해서 레오네의 마나를 소비하는 것이 아니라, 마인무구 자체에 드래곤 로어가 깃들어 있기 때문이다.
무한히 사용할 수 있는지는 불명이지만, 체감상으로는 횟수 제한이 없다시피 했다. 드래곤 로어의 지속력은 경이로울 정도였다.
"아직 멀었어……!"
다시 한번, 그리고 다시 한번!
대량의 환영룡이 윈젤을 향해 쇄도했다.
"호오! 대단한 공격이로군……!"
윈젤은 왼손의 랜스까지 동원해 환영룡에 반격을 가했다.
이것으로 상대방의 양손이 봉쇄되었다. 바로 지금이 기회였다.
"이야아아압!"
레오네는 검은색의 대검을 강하게 내질렀다.
단, 이번에는 환영룡을 날리지 않았다. 길게 늘어난 칼날이 환영룡의 무리를 꿰뚫고 윈젤의 목을 노렸다.
"윽……?!"
윈젤은 말 위에서 상체를 비틀어 목으로 날아오는 찌르기를 회피했다.
하지만 그로 인해 자세가 무너지고 말았다.
이대로 대검의 길이를 늘려 휘두르면 적을 벨 수 있었다.

"끝장을 내겠어……!"
레오네는 머릿속에 떠오른 이미지를 실행에 옮겼다.
하지만 그 순간, 염마가 옆으로 도약했다. 놀라운 기동력이었다. 레오네의 대검보다도 빨랐다.
"……!"
염마는 착지와 동시에 바닥을 박차고 레오네를 향해 달려들었다.
레오네가 휘두른 대검을 뛰어넘어 돌진해 온 것이다.
염마의 기동력으로 인해 공수가 완전히 역전되고 말았다.
레오네는 허공을 베면서 커다란 빈틈이 생겼고, 윈젤은 말 위에서 자세를 바로잡은 상태였다.
"으랴아아아아!"
윈젤이 양손의 랜스로 연속 찌르기를 구사했다.
레오네는 공격이 빗나간 직후라 간격을 벌릴 틈이 없었다.
무수히 쏟아지는 공격을 전부 회피할 만큼 반사 신경이 압도적이지도 않았다.
'그렇다면……!'
레오네는 다시금 기프트를 발동시켰다.
대검의 폭을 몇 배로 확대하여 방패로 삼은 것이다.
타다다다다다당!
"크……! 으으윽……!"
랜스가 대검을 매섭게 난타했고, 레오네는 뒤로 밀려나면서도 어떻게든 윈젤의 맹공을 견뎌냈다.
"여자답지 않게 제법이군! 이 정도일 줄이야……!"
그러나 윈젤의 얼굴에는 미소가 걸려 있었다.
유쾌해 보이기까지 하는 미소였다.
아직 그만한 여유가 있다는 뜻이었다.
하지만 꺾일 수는 없었다. 질 수 없었다. 레오네는 함께 싸워주고 있는 리제롯테를 믿었다.
그렇기에 윈젤의 여유로운 태도에도 굴하지 않고 맞받아칠 수 있었다.
"여자든 아니든 상관없어요……! 제가 아는 가장 강한 인간도 여자거든요……!"
레오네가 대검으로 윈젤의 랜스를 막아내며 외쳤다.
"나도 한번 만나보고 싶군……!"
"관두는 게 좋아요. 자신감을 잃으실 테니까요……!"
레오네도 이 자신만만한 인물이 잉그리스를 상대했을 때 어떤 반응을 보일지 약간은 궁금했다.
하지만 이것만큼은 단언할 수 있었다. 가급적 만나지 않는 편이 좋았다.
"그럴 일은 없다……! 사람들을 따르게 하려면 먼저 자기 자신을 믿어야 하지……!"
윈젤의 창술은 빠르고 강력했다.
그 속도를 따라가기 벅찼던 레오네는 확대한 대검을 방패 삼아

막아내고 있었으나, 반대급부로 반격 횟수가 줄어들고, 힘에서도 밀려 조금씩 후퇴하고 있었다.

하지만 버텨낼 수만 있다면…….

"하아아아앗!"

리제롯테가 공중에서 윈젤의 배후를 급습했다.

매서운 속도로 날아와 할버드를 내지른 것이다.

윈젤의 두 랜스는 레오네를 공격하고 있다.

따라서 등 뒤는 빈틈투성이였고, 리제롯테는 그 사각을 파고들었다.

까아아앙!

하지만 리제롯테의 할버드는 금속음과 함께 중간에서 멈춰버리고 말았다.

"……?!"

리제롯테의 공격을 막은 것은 금속제 방패였다.

염마의 마갑 일부가 떨어져 나와 멋대로 방어에 나선 것이다.

방패는 허공에 떠서 리제롯테의 공격을 막아내고 있었다.

"방패 형태의 마인무구……?!"

이 방패는 자율적으로 움직여 사용자를 보호하는 능력을 보유한 듯했다.

그래서 윈젤은 일부러 빈틈을 만들어 리제롯테의 공격을 유도한 것이리라.

"이제야 걸려들었나……!"

윈젤이 외쳤다. 이 말을 통해서 함정이었음이 명백해졌다.

염마, 좌우 두 자루의 랜스, 그리고 방패까지.

하나하나가 전부 상급 마인무구였다. 아직 다른 무언가가 있을지도 몰랐다.

도대체 몇 개의 마인무구를 동시에 다룰 수 있는 것일까.

이것이 다양한 마인무구를 운용하는 특급 마인 소유자의 힘. 레오네와 리제롯테는 상대방의 실력이 자신들보다 위라는 사실을 인정하지 않을 수 없었다.

"레오네! 잠시 떨어져 있어요!"

리제롯테는 그대로 맹렬한 눈보라를 방출했다.

휘우우우우우웅!

하지만 윈젤의 방패는 이마저도 막아내 보였다. 세찬 바람과 얼음조각이 방패에 가로막혀 사방으로 흩어져 버렸다.

그리고 그때, 레오네는 염마의 꼬리가 길게 늘어나는 것을 목격했다. 리제롯테의 사각에서 그녀의 발목을 휘감으려는 모양이었다.

"리제롯테! 발밑을 봐! 말의 꼬리가……!"

하지만 레오네의 목소리는 리제롯테의 귀에 닿지 못했다.

"리제롯테! 내 말이 안 들려……?!"

다시 한번 외쳤지만 역시나 듣지 못한 듯했다.

"바람 소리가 시끄러운 모양이다……!"

윈젤이 말하는 소리가 들렸다.

그 덕분에 레오네도 깨달았다.

원인은 리제롯테가 방출한 눈보라였다.

레오네와 리제롯테는 윈젤을 가운데 두고 협공을 하는 중이었고, 그 상황에서 리제롯테가 눈보라를 뿜어냈다.

레오네의 목소리가 눈보라에 묻혀버린 것이다.

"앗! 그, 그거야……!"

불현듯 레오네의 머릿속에서 섬광이 번뜩였다. 이 싸움의 돌파구가 되어줄 아이디어가.

하지만 그렇다고 해서 당장 리제롯테를 구해줄 수 있는 것은 아니었다.

염마의 꼬리가 리제롯테의 다리를 휘감아 끌어당겼다. 리제롯테는 눈치채지 못하고 바닥에 넘어져 버렸다.

"이런!"

레오네는 리제롯테를 돕기 위해서 달려 나갔다.

그러자 염마는 여봐란듯이 꼬리를 휘둘러 리제롯테를 이쪽으로 날려 보냈다.

"아아아아악?!"

"리제롯테! 에에에잇!"

레오네는 날아온 리제롯테의 몸을 덥석 받아냈다.

강렬한 충격으로 몸이 욱신거렸지만, 이 정도는 사소한 일이었다.

"괜찮아……?!"

"레오네! 죄송해요……!"

"됐어. 이걸로 비긴 셈이잖아……!"

한편, 윈젤은 두 사람이 대화를 나누는 사이 다음 행동에 나섰다.

"하앗!"

번개를 두른 오른손의 랜스를 땅바닥에 꽂아 넣는 윈젤.

그러자 랜스의 번개가 삽시간에 원형으로 퍼져나갔다.

땅바닥에 발을 짚고 서있던 레오네와 리제롯테는 그 전기를 고스란히 뒤집어쓰고 말았다.

""아아아아아악!""

날카로운 고통이 두 사람의 전신을 관통했다.

번개는 금세 빠져나갔지만, 몸은 여전히 경련하고 있었다. 제대로 움직일 수가 없었다.

심지어 윈젤은 왼손의 랜스까지 땅바닥에 꽂아 넣었다.

이번에는 뜨거운 불꽃이 원형으로 퍼져나갔다.

""꺄아아아악!""

휘몰아치는 화염의 폭풍에 두 사람은 멀찌감치 날아가 버리고 말았다.

"크……! 아직 끝나지 않았어……!"

"뭔가 방법이 있나요……? 레오네……!"

레오네와 리제롯테는 무기에 기대어 가까스로 몸을 일으켰다.

번개에 관통당한 탓인지, 화염에 그을린 탓인지 머리가 몽롱

했다.

하지만 아직 패배하지 않았다. 아직이었다.

그런데 그때, 염마의 모습이 삽시간에 거대해졌다.

그러나 실제로 염마의 크기가 커진 것은 아니었다.

이쪽으로 돌진해 오는 것이었다.

쿠과과과과과과!

염마는 레오네와 리제롯테를 들이받아 다시 한번 멀찌감치 날려버렸다.

엄청난 충격을 받은 레오네는 그만 자신의 대검을 손에서 놓아버리고 말았다.

댕그랑 소리를 내며 바닥을 구르는 레오네의 마인무구.

"윽……! 이공간이 소멸되겠어……! 어서……!"

불행 중 다행으로 대검은 레오네의 눈앞에 떨어졌고, 레오네는 힘겹게 바닥을 기어가 대검의 자루를 움켜쥐었다.

덕분에 어떻게든 이공간을 유지하는 데는 성공했다.

"리, 리제롯테……! 괜찮아……?!"

레오네는 비틀비틀 몸을 일으키며 옆에 쓰러진 리제롯테에게 말을 걸었다.

하지만 대답이 없었다. 충격으로 기절해 버린 듯했다.

"리제롯테, 리제롯테! 일어나……!"

그때, 리제롯테를 부르던 레오네의 눈앞에 은색의 날붙이가 불쑥 나타났다.

윈젤이 랜스를 들이댄 것이다.

"윈젤!"

"……끝이다. 저항은 관둬라."

윈젤은 레오네에게 나지막이 말했다.

"자신을 책망할 필요는 없다. 너는 충분히 잘 싸웠으니까……. 만약 내가 다수의 마인무구를 소지하고 있지 않았더라면 패배하고 말았을지도 몰라. 그 가증스러운 여자가 건네준 것이다만, 이번만큼은 감사해야겠군."

"…………."

"자, 어서 마인무구를 내려놓고 투항해라. 이 공간은 네 능력으로 만들어낸 것일 테지? 그만 능력을 해제해 주실까."

레오네는 대답하지 않았다.

레오네의 눈이 쓰러진 리제롯테를 흘끔 쳐다보았다.

리제롯테가 깨어나서 협공한다면…….

"그렇군. 동료가 깨어나길 기다리는 건가. 하지만 잠자코 기다려 줄 수는 없지……!"

윈젤은 랜스에 힘을 불어넣었다.

번개를 두른 랜스가 파직파직 소리를 냈다.

"……이게 마지막 경고다. 포기하고 얌전히 항복해라."

하지만 레오네는 입을 굳게 다물고 침묵으로 일관했다.

아슬아슬한 순간까지 리제롯테를 믿고 기다려 보기로 한 것이다.

"고집이 센 소녀로군. 어쩔 수 없지."

윈젤이 한숨을 내쉰 그때.

레오네는 누군가가 그의 측면을 노리고 돌격해 오는 것을 목격했다.

"어어……?!"

리제롯테가 아니었다. 리제롯테는 여전히 기절한 상태였다.

다만, 누군지는 몰라도 엄청난 스피드였다.

깊숙이 뒤집어쓴 후드 때문에 얼굴은 보이지 않았다. 행색으로 봐서 루인이나 기사는 아닌 듯 보였다. 작전에 협력해 준 피난민 중 한 명인 걸까?

"누구냐?!"

윈젤이 인기척을 느끼고 고개를 돌렸다.

그러자 정체불명의 인물은 지면을 박차고 뛰어올랐고, 이로 인해 후드가 벗겨지며 얼굴이 노출되었다.

"레온 오라버니?!"

잉그리스를 데리고 카랄리아로 돌아간 줄 알았건만.

전에도 피난민들 사이에 섞여 있었는데, 이번에도 피난민인 척하며 작전에 낀 모양이었다.

작전에 몰두하느라 미처 눈치채지 못했다.

"미안! 눈앞에서 여동생이 당하고 있는데 가만히 지켜보고 있을 수만은 없더라고……!"

"특급 마인……?! 어딜!"

레온은 철제 손목보호대를 착용한 주먹을 내질렀고, 윈젤은 랜스로 반격을 가했다.

두 사람의 마인무구가 격돌하는가 싶던 그 순간.

윈젤의 랜스는 레온의 손목보호대를 그대로 통과해 버렸다.

"뭣이?!"

레온은 씨익 웃어 보였다. 그러자 레온의 몸이 눈 부신 빛을 발하며 폭발했다.

"우오옷!"

폭발에 정통으로 휘말린 윈젤은 염마의 등에서 튕겨나 낙마하고 말았다. 완전히 빈틈을 찔리고 말았다.

"크윽…… 함정이었나……!"

이를 갈면서 몸을 일으키는 윈젤.

"저건……."

방금의 폭발은 레온의 소환수인 뇌수가 선보이던 기술이다.

그런데 이번에는 레온 본인이 폭발했다.

사실은 레오네도 상당히 놀란 상태였다.

구해주러 온 줄 알았던 레온이 느닷없이 폭발해 버렸으니.

"분신이야. 뇌수 대신에 번개로 이루어진 분신을 소환한 거지. 뭐, 이번에 새로 장만한 마인무구야. 적어도 전에 사용하던 것보다는 쓸만해야 하지 않겠어? 딱히 내가 제작한 물건은 아니지만."

레온은 그렇게 말하며 레오네의 곁에 섰다.

레온이 기존에 사용하던 마인무구는 리플이 불러들인 프리즈마와의 싸움에서 파괴되고 말았다.

지금 장비하고 있는 손목보호대는 그것을 대신할 신형 마인무구였다.

혈철쇄 여단이 레온을 위해서 마련해 준 물건이었다.

"오라버니……! 어째서 여기에……?"

레오네의 물음에 레온은 난감하다는 듯이 뒷머리를 긁적였다.

"실은 라피니아한테 돌아가라고 한 소리 들었거든……. 그런데 막상 얼굴을 볼 낯이 없어서 몰래 숨어있었어. 하지만 도저히 내버려 둘 수가 없어서……. 미안하지만 참견 좀 할게."

"……죄송해요. 제 힘이 부족한 탓이에요."

"신경 쓰지 마. 저 녀석 말대로 너는 잘 싸웠어. 전에 봤을 때보다 강해졌던걸. 이런 오라버니지만 여동생이 성장한 모습을 보니 기쁘더라."

"오라버니……!"

레오네가 와락 끌어안으려 하자 레온은 당황하며 제지했다.

"어이쿠……! 함부로 만지면 안 돼."

그제야 레오네는 깨달았다. 설마 이것도?

"우선 친구부터 깨우도록 해. 저대로 땅바닥에 눕혀두면 불쌍하잖아?"

"그, 그렇죠. 알겠어요……!"

레오네는 리제롯테에게 달려가 그녀를 일으켜 세웠다.

"리제롯테……! 리제롯테! 괜찮아?! 눈을 떠……!"

"으음…… 핫?! 저, 전투는 어떻게 됐죠?! 죄송해요……!"

벌떡 몸을 일으킨 리제롯테는 주위를 둘러보았다.

"어, 어라……? 저분은……! 시, 심지어 몇 명이나……!"

리제롯테는 눈을 비빈 뒤 다시 한번 상황을 살폈다. 하지만 잘못 본 것이 아니었다.

어느샌가 수십 명에 달하는 레온이 윈젤을 둘러싸고 있었다.

"저건 오라버니의 새로운 능력이야……! 또 피난민인 척해서 잠입해 있었다나 봐!"

"후훗……. 기뻐 보이네요, 레오네."

"그, 그런가?"

"잘됐네요. 이제 고집을 부릴 필요가 없어졌잖아요."

"고, 고집은 누가……!"

"실제로 레온 씨한테 도움을 받았는걸요. 지금은 듬직한 원군의 등장을 기뻐하도록 해요. 저희의 실력이 부족했던 부분은 반성해야겠지만요."

"응. 그렇네……!"

레오네가 리제롯테에게 고개를 끄덕였다.

두 사람이 바라보는 곳에서는 수많은 레온이 윈젤과 대치하고 있었다.

"과연. 인재가 풍부한 대국 카랄리아답군. 숙련된 상급 기사로 나를 지치게 만들고, 마지막에 특급 마인을 보유한 성기사가 나와 확실하게 마무리를 짓겠다는 건가."

"애석하지만 나는 카랄리아의 성기사가 아니야. 한때 성기사이긴 했지만. 지금은 혈철쇄 여단에 몸담고 있어. 카랄리아와는 무관한 인간이지."

"혈철쇄 여단이라고……? 놈들은 반하이랜더 게릴라 조직이라고 들었다. 그런 조직의 일원이 어째서 이 싸움에 끼어드는 거지?"

"뭐, 실은 여단의 방침과도 무관해. 어디까지나 개인적인 사정 때문이지. 오빠로서 여동생을 대신해 싸운다…… 그뿐이야."

"여동생한테서 졸업을 못 한 오라버니라 이건가……. 네 여동생은 이미 어엿한 기사라고 생각한다만."

"칭찬 고마워. 실은 지금껏 미안한 짓을 많이 저질렀거든……. 딱히 용서받겠다는 건 아니지만, 여동생 앞이니까 멋진 모습을 보여야겠어……!"

여러 명의 레온이 일제히 윈젤의 주위를 맴돌기 시작했다.

레오네와 리제롯테는 누가 진짜 레온인지 전혀 분간되지 않았다.

"할 수 있다면 해보시지!"

구분하기 어려운 것은 윈젤도 마찬가지일 터였다.

윈젤은 두 랜스의 끝부분을 연결해 한 자루의 창으로 만들었다.

그러자 양쪽의 랜스가 성장하며 상당히 기다란 무기가 완성되었다.

마치 레오네의 대검을 연상시키는 변화였다. 단, 대검과 달리 두께는 그대로였다.

“으랴아아아아!”

이윽고 윈젤은 기다란 창을 빙글빙글 고속 회전시켰다.

각각의 랜스에서 뿜어져 나온 화염과 번개가 회오리처럼 윈젤의 주변을 뒤덮어 버렸다.

“괴, 굉장해!”

“저래서는 접근하기 어려울 것 같네요……!”

레온이 만들어낸 분신의 접근을 허용하면 자폭해서 커다란 피해를 입고 만다.

그래서 윈젤은 분신의 접근을 막는 고밀도의 벽을 형성했다. 이 기술이라면 넓은 범위를 공격하여 분신들을 한꺼번에 쓸어버리는 것도 가능했다.

“오호라! 화려하게 나오시는군……!”

그러나 레온의 분신들은 날렵한 동작으로 윈젤을 향해 달려들었다.

도중에 몇몇 분신이 윈젤의 공격에 당해 폭발했지만, 그때마다 새로운 분신들이 나타나 돌격을 이어나갔다.

개중에는 윈젤의 코앞까지 도달한 레온도 있었다. 그러면 윈젤이 타고 있는 염마가 도약해서 거리를 벌렸다.

일진일퇴.

화염과 번개가 소용돌이치며 발생하는 굉음.

여기에 휘말린 레온의 분신이 폭발하면서 터져 나오는 굉음.

굉음과 굉음이 잇따르면서 엄청난 장관이 펼쳐졌다.

레온과 윈젤 모두 결정타를 가하지 못한 채로 힘겨루기를 이어 나갔다.

어느 한쪽의 체력이 소진될 때까지 끝나지 않을 듯 보였다.

"저희는 끼어들 수도 없겠어요……!"

바로 옆에 있는 리제롯테의 목소리조차 듣기 어려울 정도로 두 사람의 공방은 격렬했다.

"……!"

레오네는 문득 떠올렸다.

레온이 구해주러 오기 전에 생각해 냈던 돌파구를.

아마도 지금이라면 성공시킬 수 있을 것이다.

레오네는 뒤쪽으로 돌아서더니 성큼성큼 걸어갔다.

"레오네……?! 갑자기 어딜 가나요?"

"끼어들 수는 없지만 도울 수는 있어……! 프람……!"

레오네는 다른 사람들과 함께 싸움을 지켜보던 프람을 불렀다.

"앗, 네……! 무슨 일이죠?!"

"힘을 빌려줘! 네 능력으로 오라버니의 마인무구를 강화하는 거야! 그러면 분명……."

레오네의 제안에 리제롯테가 이견을 제시했다.

"잠깐만요, 레오네……! 프람 씨의 하프는 모든 마인무구를 강화하잖아요! 상대방의 마인무구까지 효과를 받을 거예요……! 게다가 보유한 마인무구의 수를 감안하면 오히려 불리해질 가능성이……."

“그렇겠지……! 소리가 닿는다면 말이야! 잘 봐봐. 저렇게 요란한 폭풍의 중심부에 있으면 하프 소리도 닿지 않을걸! 그러니 오라버니만 강화할 수 있어……!”

레오네가 폭풍의 중심에 있는 윈젤을 가리키며 말했다.

리제롯테도 납득한 듯 고개를 끄덕였다.

“화, 확실히 그럴지도 모르겠네요……! 일리가 있어요!”

“그렇지……?! 부탁할게, 프람!”

“알겠어요, 레오네. 그런데 진짜 오라버니분은 어디에 계신가요……?”

“읏……?! 하, 한번 불러볼게!”

“아니, 그럴 필요 없어.”

프람이 빙그레 웃으며 말했다. 하지만 그 목소리는 레온의 것이었다.

“““?!”””

프람의 모습이 스르르 레온으로 되돌아왔다.

“이 신형 마인무구의 편리한 점은 다른 사람의 모습으로도 위장할 수 있다는 거지. 뭐, 나 같은 녀석한테 어울리는 능력이야……! 들었지, 프람 양! 잘 부탁할게……!”

레온이 부르자 진짜 프람이 앞으로 걸어 나왔다.

“네, 들었어요! 그럼 갈게요……!”

프람이 하프를 연주하자 아름다운 선율이 흘러나왔다. 동시에 레온의 마인무구가 발하는 빛도 크게 강화되었다.

"호오…… 대단한걸! 한번 시험해 볼까! 우오오오오!"
레온은 포효하며 대량의 분신들을 만들기 시작했다.
도합 수십에 달하는 엄청난 숫자였다.
"물량으로 밀어붙여 주겠어……! 전원 돌겨어어억!"
""으랴아아아아아아!""
무수한 레온들이 일제히 윈젤에게 달려들었다.
방금과는 다르게 윈젤에게 도달하는 레온의 숫자가 부쩍 늘어났다.
염마가 회피를 했음에도 레온의 분신들은 끈질기게 달려들었다.
점차 윈젤도 물량을 감당해 내지 못하기 시작했다.
그리고 마침내 한 명의 레온이 윈젤에게 달라붙었다.
"좋았어……! 먼저 간다!"
레온의 분신이 히죽 웃으며 폭발했다.
균형이 무너지자 더는 분신들을 막아낼 방법이 없었다.
기세를 탄 레온의 분신들이 윈젤을 에워싸기 시작했다.
"으어어어어엇! 이거 놔라……!"
윈젤의 목소리를 덮어버리듯 레온의 분신들이 우르르 몰려들었다.
머지않아 윈젤이 있던 자리에는 작은 언덕이 만들어졌다. 그리고…….
콰과과과과과과과광!
분신들이 일제히 폭발하며 무지막지한 섬광과 굉음이 터져 나왔다.

"쩝. 내가 폭사한 것 같아서 기분이 썩 좋지는 않지만…… 뭐, 무기를 새로 장만한 보람이 있네."

레온이 나지막이 중얼거렸다.

"형님……! 윈젤 형님! 설마 죽은 건 아니겠지……?!"

"윈젤 님!"

폭발의 연기가 피어오르는 가운데, 라티와 프람이 윈젤이 걱정스러운 얼굴로 윈젤에게 다가갔다.

"앗, 라티……! 아직 위험해……!"

"프람도요! 적이 쓰러지지 않았을 수도 있어요……!"

레오네와 리제롯테도 허둥지둥 두 사람을 뒤쫓았다.

다행히 레오네와 리제롯테가 상상했던 최악의 사태는 일어나지 않았다. 윈젤은 곳곳이 까맣게 그을린 채로 쓰러져 있었다.

"으윽……. 방심했다. 아직 힘을 숨기고 있었을 줄이야……!"

윈젤은 광범위한 공격을 펼치느라 이쪽의 전략을 파악하지 못한 모양이었다.

"딱히 숨긴 적은 없어. 서로의 힘을 합친 결과지. 고마워."

레온은 그렇게 말하며 레오네 일행을 향해 미소 지었다.

"크……! 하지만 나는 아직…… 지지 않았다……!"

윈젤은 몸을 부들부들 떨면서도 랜스에 몸을 기대어 일어나려 애썼다.

대단한 남자였다. 그만한 폭발에 휘말리고도 싸우려 하다니.

"그만둬, 윈젤 형님! 그 이상 무리하면 죽고 말 거야……! 얌전히 항복해!"

"닥쳐라! 여기까지 와서도 혼자서는 아무것도 못 하는 약골 녀석이! 지금 상태로도 너 정도는 순식간에 죽여버릴 수 있다……! 주제도 모르고 기어오르지 마라!"

"못 할걸……!"

"뭐라고……?!"

"지금 그 몰골로는 나를 죽이지 못한다고! 어디 할 수 있으면 해보던가……! 그 대신 나를 죽이는 데 실패하면 얌전히 항복해 줘야겠어……!"

불현듯 라티가 윈젤에게 도전 의사를 밝혔다.

레오네에게는 그 모습이 억지로밖에 보이지 않았다.

"기, 기다려 라티! 너무 무모해……!"

"맞아요! 적의 도발에 넘어가면 안 돼요!"

"라티……! 레오네와 리제롯테 목숨을 걸고 싸워 줬잖아요! 여기서 억지를 부리면 두 분의 고생이 허사로 돌아가고 말아요……!"

세 사람 모두 같은 의견인 듯했다. 그런데 그때.

"그냥 싸우게 놔두는 게 어때? 이복형제라고 해도 형제는 형제잖아. 때로는 치고받고 싸울 필요도 있는 거지."

레온이 어깨를 으쓱하며 말했다.

"오라버니! 무책임한 소리 하지 말아요! 라티가 큰일이라도 당하면 어쩌려고요! 다들 이날을 위해서 얼마나 고생했는데……."

"진정해, 레오네. 분명 라티 본인도 알고 있을 거야. 알면서도 저렇게 말한 거라고. 즉, 큰소리를 칠 만한 뭔가가 있다는 뜻 아닐까?"

레온이 속닥이는 목소리로 레오네에게 말했다.

바로 그때 라티가 이쪽을, 정확히 말하면 레온을 보고 고개를 끄덕였다.

레온도 마찬가지로 라티를 향해 고개를 끄덕여 주었다.

"알았지? 한번 믿어 줘봐. 친구잖아."

레온의 그 천연덕스러운 미소는 레오네로 하여금 묘한 안도감과 신뢰감을 느끼게 했다.

옛날부터 그랬다.

무엇보다 지금은 자신의 마음을 애써 부정할 필요가 없었다.

그래서 레오네는 솔직하게 대답했다.

"아, 알겠어요. 오라버니가 그렇게 말씀하신다면……."

"그렇다면 저는 레오네를 믿겠어요."

"저도요……! 믿을게요……!"

리제롯테와 프람도 상황을 지켜보기로 한 듯했다.

"정 그렇다면 덤벼라, 라티! 봐줄 생각은 없다……! 죽어도 날 원망하지 마라!"

"형님이야말로!"

라티와 원젤을 말리는 자는 더 이상 아무도 없었다.

"우오오오오오!"

라티가 먼저 윈젤을 향해 달려 나갔다.
라티의 돌진은 정말로 단순하기 짝이 없었다.
너무나도 평범해서 어이가 없을 정도였다.
한 손으로도 간단히 막아낼 수 있을 듯 보였다.
레오네가 보기에도 이 정도인데 윈젤은 오죽했을까.
"……그런 얼빠진 공격으로 나를 이기려 들다니!"
하지만 싸우기 전에도 말했듯 윈젤은 봐줄 생각이 없었다.
윈젤이 랜스를 앞으로 내질러 매서운 번개를 날려 보냈다.
"……!"
라티는 머리를 낮추고 두 팔을 앞으로 교차하여 방어 자세를 취했다.
하지만 다리는 멈추지 않았다. 팔을 방패 삼아서 돌진할 작정인 모양이었다.
그러나 레오네가 보기에 이 정도로 윈젤의 번개를 막아낼 수 있을 것 같지는 않았다.
이윽고 라티의 팔에 번개가 적중했다.
두 팔의 소매가 찢어지는 것이 보였다.
"?!"
하지만 라티의 옷을 찢은 것은 윈젤의 번개가 아니었다.
위화감의 정체는 곧 판명되었다.
라티의 팔이 몇 배의 크기로 거대화하기 시작한 것이다.
이미 인간의 팔이라고 표현할 수 없는 수준이었다.

형태도, 색도 달랐다. 특히 피부의 파란 비늘은 유리처럼 아름다웠다.

뒤이어 꼬리가 자라나고, 온몸이 부풀어 올랐다.

그워어어어어!

목소리마저 포효로 변해 있었다.

"저건 대체……?!"

"요, 용……?!"

"시, 신룡과 똑같이 생겼어요……!"

신룡 후페일베인과 비교하면 어린애, 아니, 갓 태어난 새끼에 불과해 보였다. 하지만 크기는 인간의 몇 배에 달했다. 중형 마석수에 버금가는 수준이었다.

드래곤의 강인한 비늘이 랜스의 번개를 튕겨냈다.

그리고 라티는 거대해진 몸뚱이로 윈젤을 들이받았다.

"크어어억?!"

허를 찔린 윈젤은 압도적인 체급 차를 극복하지 못하고 저 멀리 날아가 버렸다.

"우랴아아아앗!"

라티의 목소리와 용의 포효가 반반씩 섞인 함성이 울려 퍼졌다.

곧 라티는 윈젤을 뒤쫓아 달려갔고, 그대로 도약하여 윈젤을 깔아뭉갰다.

쿠우우우우웅!

"헤, 헤헤헷……. 어때, 윈젤 형님! 그만 항복해!"

용의 아가리가 일그러졌다. 라티가 윈젤을 깔아뭉갠 채로 씨익 웃은 모양이었다.

하지만 윈젤은 아무런 대답도 하지 않았다.

"응……? 호, 혹시 죽었나……?!"

당황하며 비켜선 라티는 윈젤의 상태를 살피기 위해 코끝을 들이댔다.

그때 마침 레온이 곁으로 다가왔다.

"걱정 마, 튼튼한 녀석이니까. 기절했을 뿐일 거야. ……누가 밧줄 좀 갖다 줘! 날뛰기 전에 묶어놔야 해! 마인무구도 전부 몰수해 놔!"

"라티?! 지, 지금 그 모습은 대체 뭔가요……?! 괜찮아요? 병에 걸린 건 아니죠?"

프람이 걱정 가득한 얼굴로 라티에게 달려갔다. 신경이 쓰이기는 레오네도 마찬가지였다.

"호, 혹시 라티도 드래곤 로어의 영향을 받은 거야?"

"저와 레오네도 특별한 능력을 얻었지만 설마 용으로 변신하게 될 줄이야……."

"……잉그리스가 그러더라. 드래곤 로어와 가장 상성이 좋은 사람이 나라고. 반드시 어떠한 힘을 각성할 테니까 특훈을 하라고."

잉그리스가 말하길, 라티는 잉그리스와 다르게 소량의 고기를 먹은 것만으로도 신룡의 말을 이해할 수 있었다고 한다.

이는 드래곤 로어와의 상성이 뛰어나다는 것을 의미했다. 잉그리스 일행에게 일어났던 변화가 라티에게도 충분히 일어날 수 있다는 뜻이었다.

따라서 그 힘을 비장의 무기로 삼을 수 있도록 특훈할 것.

또한 남아있는 신룡의 고기를 최대한 많이 먹을 것.

잉그리스가 이곳을 떠나기 전에 라티에게 해준 조언이었다.

실제로 잉그리스의 조언은 지금 이렇게 현실이 되었다.

잉그리스의 정확한 안목이 감탄스러울 따름이었다. 그리고 고마웠다.

"그래서 밤마다 특훈했어. 레온 씨한테 부탁해서."

"오라버니한테……?! 그러면 오라버니가 잠입해 있다는 걸 알고 있었어?"

"제가 밤중에 들었던 용의 포효는 라티가 특훈하는 소리였군요……!"

"뭐, 이쪽에 돌아왔을 때 우연히 맞닥트렸거든. 그래서 거래를 했지. 몰래 들여보내 주면 특훈을 봐주겠다고."

"미안해, 비밀로 해서. 적을 속이려면 아군을 먼저 속이라고 하잖아. 루인에게 들은 말이야."

"사과할 거 없어. 덕분에 이렇게 무사하니까."

"결과가 좋으면 된 거죠."

레오네와 리제롯테는 라티를 향해 웃어 보였다.

그때 루인이 라티에게 다가와 말했다.

"라티 왕자님! 윈젤 왕자님의 구속이 끝났습니다. 이제 서둘러

잔병들을 항복시키죠!"

"그래. 그래야겠지……."

"그런데 병사들을 항복시킨 다음에는 이 녀석을 어떻게 하려고?"

불현듯 레온이 라티와 루인에게 물었다.

당장은 윈젤을 인질로 삼아서 상대 병사들을 항복시키는 것이 급선무였다.

하지만 그 다음에는 윈젤을 어떻게 처분할 것인가.

내심 레오네도 신경이 쓰이던 부분이었다.

비록 싸우기는 했지만 특별히 나쁜 사람 같지는 않았다.

"……봐줄 필요는 없다. 사태가 수습되면 내 목을 쳐라."

묶여있던 윈젤이 정신을 차렸는지 담담히 말했다.

"바, 바보 같은 소리 마……! 그럴 생각은 추호도 없어!"

"바보 같은 소리가 아니다. 네가 국왕이 되면 나는 국왕을 죽이려 한 반역자다. 반역자를 방치하는 건 용납되지 않아……. 본보기를 보여야 하기 때문이다."

"그, 그래도……!"

"인정하마. 내가 너를 과소평가 했던 모양이다. 하지만 그렇기에…… 이 이상 네 발목을 붙잡고 싶지 않다."

"라티 왕자님, 윈젤 왕자님의 말씀도 일리가 있습니다. 적어도 국내에는 머물지 못할 겁니다. 윈젤 왕자님도 라티 왕자님께 똑같은 요구를 하셨잖습니까."

“하지만 형님은 특급 마인의 소유자잖아?! 그런 인재를 처형하거나 나라에서 내쫓을 수는…….”

“단순한 반란이었다면 아량을 베풀 수도 있었겠지요. 하지만 이것은 왕권 쟁탈입니다. 어떤 형태로든 매듭을 지어야 합니다.”

“난 다른 나라를 위해서 헌신할 생각이 없다. 그러니 네 명령으로 나를 베어라. 그리하면 새로운 왕으로서도 위엄이 설 거다. 특급 마인의 소유자를 쓰러트린 경력이 있으니까 말이야…….”

“시, 싫다고 했잖아……!”

“그럼 나더러 자결하라는 뜻인가? 못 할 것은 없다만, 너무 매정한 처사 아닌가?”

“매정하고 자시고! 나는 형님을 죽일 생각이 없다고! 루인! 뭔가 방법이 없을까?! 잉그리스한테서 무슨 얘기 없었어?!”

“아뇨. 전에도 말씀드렸다시피 결판을 내라고만…….”

“크윽……! 어떻게 해야…….”

이 문제에 대해서는 레오네도 차마 입을 열지 못했다.

당사자들의 결정을 지켜봐야만 한다는 사실이 괴로웠지만, 어찌할 방법이 없었다.

레오네가 고개를 푹 숙이고 있던 그때였다. 레온이 레오네의 어깨에 손을 척 얹었다.

그리고 묵묵히 앞으로 걸어간 레온은 묶여있는 윈젤 앞에 쪼그려 앉았다.

“이봐, 형씨. 하이랜더를 싫어한다지?”

"물론이다. 티파니에와 그녀에게 영혼을 팔아넘겨 하이랜더가 된 자들…… 놈들은 백번 죽어 마땅해."

"오오, 훌륭해! 그러면 그 말을 실천해 볼 생각은 없어? 나하고 같이 가면 가능할걸."

"……자네는 혈철쇄 여단에 소속되어 있다고 했지. 나를 포섭하는 건가……? 게릴라 조직에 들어가라고?"

"나쁘지 않은 제안이라고 보는데? 다른 나라에 헌신할 마음은 없으면서 정작 이 나라에서는 추방당할 신세잖아? 그렇다면 혈철쇄 여단이 제격이야. 우리는 어떤 나라에도 속하지 않거든. 뒤집어 말하면 모든 나라를 위해서 일할 수 있다는 뜻이기도 하지. 모든 나라 중에는 당연히 알카드도 포함되어 있고."

"……거창한 얘기로군. 세상을 위해서 싸우라는 건가."

"뭐, 우리 보스가 그런 인간이거든. 엄청 수상하게 차려입기는 했지만 알고 보면 꽤 괜찮은 녀석이야."

"그래서 너도 혈철쇄 여단에 들어간 건가……?"

"글쎄. 하이랜더에게 일방적으로 수탈당하는 지금의 상황을 어떻게든 바꿔야 한다고는 생각하고 있어. 내 목숨을 바칠 곳은 여기다 싶었지."

"……난 그렇게 거창한 목표는 없다. 단지 그 쓰레기들이 증오스러울 뿐이야."

"그거면 충분하지 않아? 사람이 행동하는 이유는 천차만별이야. 저마다 사연을 가지고 자기 목적에 부합하는 장소를 고르지.

이 나라를 위협하는 놈들이 있다면 일단은 쳐부순 다음에 생각해도 늦지 않잖아? 네 동생도 슬퍼하지 않을 테고 말이야. 간접적이기는 하지만 도움을 줄 수도 있겠지. 동생을 슬프게 하면 못써. 남 말할 처지는 아니지만."

"동생이라……."

윈젤이 라티를 쳐다보았다.

"형님! 그렇게 하자! 수락해 줘! 처형이나 자결 같은 흉흉한 소리는 제발 그만두고……! 살아있어 줘……!"

"……알겠다. 그것도 나쁘진 않겠군."

"형님……! 고마워, 레온 씨!"

"다, 다행이에요……! 정말로 고맙습니다……!"

라티와 프람이 안도한 듯 가슴을 쓸어내렸다.

"핫하하. 이쪽이야말로 귀중한 전력을 얻어서 감사할 따름이야. 혼자서 멋대로 뛰쳐나온 바람에 전리품 하나쯤 가져가지 않으면 체면이 안 살거든."

레온다운 말투였다.

레오네도 무심코 키득키득 웃고 말았다.

"라티 왕자님. 이제 잔병들에게 항복을 권유하도록 하죠."

"그래, 그러자……! 레오네, 원래 장소로 되돌려 주겠어?"

"알았어."

레오네가 능력을 해제하여 일행을 원래의 장소로 복귀시켰다.

마석수로 위장한 신룡의 꼬리와, 기존에 숨어있던 눈더미 등이 눈앞에 나타났다.

한동안 눈보라가 없는 이공간에 있다가 돌아온 탓인지 온몸이 부르르 떨렸다.

"윈젤 왕자를 따르는 자들이여……! 잘 들어라!"

"전투는 끝났어……! 더는 싸울 필요 없어!"

루인과 라티가 윈젤을 데리고 나와 외쳤다.

""뭐, 뭐라고……?!""

""마석수가 아니었던 건가?!""

""윈젤 왕자님도 같이 계셔……!""

윈젤의 부하들이 당황하기 시작했다.

"이자들의 말을 따라라……! 저항할 필요 없다! 알겠나!"

윈젤이 기사들에게 외쳤다.

""아…… 알겠습니다!""

아무래도 뒤처리는 수월하게 진행될 듯했다.

상황을 지켜보던 레오네는 레온에게 다가가 말했다.

"오라버니, 도와주셔서 고마워요."

반면에 레온은 손바닥을 모으며 머리 숙여 사과했다.

"미안, 레오네……!"

"네? 뭐가요?"

"동생을 슬프게 하면 못쓴다고 말한 거 말이야……! 네 앞에서 잘도 그렇게 뻔뻔한 소리를 늘어놓다니……! 나는 누구를 탓할 자격도 없는 놈이야. 잘못했어!"

"아아……. 그러면 앞으로는 여동생을 웃게 만드는 오라버니가 되어주세요……. 그걸로 충분해요. 확실히 전 오라버니가 혈철쇄 여단으로 전향하면서 온갖 수난을 겪어야 했죠. 하지만 그 덕분에 친구가 슬퍼하지 않을 수 있었어요……. 그러니 비긴 셈 치려고요."

레오네는 레온에게 부드러운 미소를 지어 보였다.

"레오네……."

"오라버니가 떠안고 있던 고민은…… 성기사와 하이랄 메나스에 대한 진실은 잉그리스한테 들었어요. 그러니 오라버니는 자신이 믿는 길을 걸어가세요. 저는 저대로 제가 믿는 길을 걸어갈 테니까요. 걱정할 것 없어요. 동료들과 잘 헤쳐나갈 테니까요."

레온은 그렇게 말하는 레오네를 강하게 끌어안았다.

"……너는 정말로 착한 아이야. 내 동생으로 두기에는 아까울 정도로."

몇 년 만일까.

가족의 온기를 이렇게 가까이서 느껴본 것은.

딱히 슬프지도 않건만 눈물이 흘러나와 시야를 가렸다.

뿌옇게 변한 시야 너머로 눈물을 글썽이고 있는 리제롯테의 모습이 보였다.

아르멘 마을. 동쪽 방벽 인근.

현재, 마석수들로 이루어진 프리즈마의 첨병이 마을로 접근해 오는 중이었다. 설상가상 이곳에서는 무지갯빛의 안개가 주변 일대를 뒤덮어 나가고 있었다.

안개와 접촉한 인간은 마석수로 변해버렸고, 이 탓에 병사들은 전투를 치르기도 전부터 동요하기 시작했다.

그것은 밀리에라 교장이 이끄는 별동대 또한 마찬가지였다.

2학년 학생인 모리스가 마석수로 변해버리고 만 것이다.

"모리스까지 마석수로……! 교, 교장 선생님! 모리스가 말한 프리즘 파우더라는 게 대체 뭐죠?!"

실바가 크게 당황한 얼굴로 밀리에라에게 물었다.

"혈철쇄 여단의 구성원들이 사용하는 비약이라 들었어요. 프리즘 플로와 비슷한 효과를 지녔다더군요. 동물은 물론이고, 다량을 복용하면 하이랜더까지 마석수로 변해버린다고 해요……!"

"예?! 그럼 모리스 군은 혈철쇄 여단에 소속되어 있었다는 건가요?!"

"그래요. 돌이켜보면 혈철쇄 여단은 왕궁의 움직임을 저희보다 정확하게 파악하고 있었죠. 내통자를 심어두었던 거예요……! 성기사인 레온 씨를 포섭한 조직이에요. 아카데미의 학생을 끌어들였어도 이상할 게 없어요. 어쨌든 지금은 눈앞의 문제에 집중하기로 하죠! 프리즘 파우더가 인체에 영향을 끼친 것 같기는 한데, 도대체 어떻게……!"

인간이 마석수로 변한다는 이야기는 밀리에라도 들어본 적이 없다.

모리스는 프리즘 파우더가 뜨겁다고 외치더니 마석수로 변했다. 하지만 프리즘 파우더만이 원인은 아닐 것이다.

무언가가 프리즘 파우더와 반응한 듯 보였다.

그리고 그것은 이 무지갯빛의 안개일 가능성이 컸다.

프리즈마 주변에 발생하는 이 안개는 다른 생명체들을 마석수로 바꾸어 군대를 만든다. 프리즈마가 이동함에 따라 인근의 생태계가 안개로 뒤덮이게 되고, 무수한 마석수가 발생하여 엄청난 피해를 초래하는 것이다.

이 안개가 프리즘 파우더와 반응하여 인간을 마석수로 변화시킨 것일까? 아니, 설령 그렇다 하더라도 왜 하필 지금 이 현상이 일어난 것일까?

혈철쇄 여단은 경로상의 마을로 접근하는 대량의 마석수들을 토벌하고 있었다.

긴급 사태인 만큼 왕국에서도 눈을 감아주고 있었다.

이 암묵적인 협력이 없었다면 이곳 아르멘 마을에 방어 거점을 구축하기는 어려웠을 것이다.

하지만 진짜 의문은 여기서부터다.

프리즘 파우더를 보유한 혈철쇄 여단의 병사가 모리스 혼자만은 아닐 것이다. 그렇다면 다른 여단원들도 일찌감치 프리즈마에게 접근했을 것이고, 안개에 발을 들였을 것이다.

즉, 단순히 프리즘 파우더가 안개에 반응해서 발생한 현상이라면 훨씬 더 이전에 마석수화가 보고되었어야 했다.

국경 부근에서 부활한 프리즈마는 이곳에 당도하기까지 상당한 거리를 이동했다.

인간이 마석수로 변했다면 적어도 혈철쇄 여단의 구성원끼리는 정보 공유가 되었을 것이다. 목숨과 직결된 중대한 사항이기 때문이다.

그러나 모리스는 프리즘 파우더를 지참하여 이 전장에 참여했다.

뒤집어 말하면, 프리즈마가 이동하는 도중에는 없었던 또 다른 원인이 이곳에 존재한다는 뜻이다.

그것이 무엇인지는 불명이지만, 절대로 간과할 수 없는 문제였다.

만약 그 원인이 생각보다 간단한 것이라면…….

다수의 인간이 마석수로 변하는 여건이 조성되면…….

그것은 지상의 멸망을 초래할 방아쇠가 될지도 모른다.

순식간에 생각을 정리한 밀리에라는 혼란에 빠진 발밑의 전장으로 시선을 옮겼다.

마석수로 변한 기사가 주변의 기사들을 공격하고 있었다.

그워어어어어!

거대한 팔이 다수의 기사를 한꺼번에 휩쓸어 버렸다.

""으아아아아악!""

"제길……! 정신 차려! 우리는 동료잖아! 내 말이 들리지 않는 거야……?!"

"몸도 마음도 마석수가 되어버린 건가……!"

기사들도 설마 아군이 마석수로 변할 줄은 예상하지 못한 듯했다.

차마 동료를 베지 못하고 망설이는 바람에 마석수들은 일방적으로 날뛰고 있었다.

"그워어어어어!"

마석수로 변한 모리스도 마찬가지였다.

통나무처럼 두꺼워진 다리로 유아를 걷어차려 하고 있었다.

덥석!

하지만 상대는 평범한 기사가 아닌 유아였다. 유아는 모리스의 발차기를 손쉽게 막아냈다.

"홀쭉아. 새로 개발한 몸개그야?"

유아는 고개를 갸웃하며 모리스의 다리를 번쩍 들어 올렸다.

저항하지 못하고 넘어진 모리스는 바닥에서 바둥바둥 몸부림치기 시작했다.

"얌전히 있어."

난감한 표정을 지은 유아는 모리스의 다리를 붙잡은 채로 뛰어올랐다.

이윽고 건물 지붕에 착지한 유아는 마석수로 변한 모리스를 거꾸로 들어 올렸다.

"그아아아악! 그워어어어어!"

"그만해, 홀쭉아. 그러다 재미없다고 혼날걸? 교장 선생님하고 안경 선배도 정색하고 있어. 네가 혼나면 내가 혼날 때 감싸줄 사람이 없어지잖아."

유아는 모리스를 붕붕 휘둘렀지만 그런다고 해결될 문제가 아니었다.

"큭, 어쩔 수 없지! 공격하라! 이러다간 본격적인 전투가 시작되기도 전에 당하고 말겠어!"

부대의 대장으로 보이는 기사가 지시를 내렸다.

"하, 하지만 저들은 우리의 동료입니다……!"

"마, 맞아요……! 좋은 녀석이었는데…… 대장님도 알고 계시잖아요!"

"선택의 여지가 없다! 해치우지 않으면 너희가 죽는다……! 너희까지 죽도록 내버려 둘 수는 없어! 나를 따르라!"

대장격의 기사가 마인무구를 뽑아 들었다. 번개를 두른 검이었다. 그렇게 그는 자신의 부대에서 발생한 마석수들을 베기 시작했다.

"크윽……! 아, 알겠습니다……!"

"미안! 용서해 줘……!"

대장이 몸소 행동에 나선 덕분에 다른 기사들도 각오를 다질 수 있었다. 움츠러들어 있던 기사들이 대장을 뒤따라 달려 나갔다.
그워어어어어!
하지만 마석수는 하나로 뭉쳐 돌격하는 기사들을 거대한 몸뚱이로 들이받아 버렸다.
""우와아아아앗!""
"윽……! 강해!"
"평범한 마석수가 아니야……!"
그워어어!
마석수가 쓰러져 있던 대장격의 기사에게 날카로운 손톱을 내질렀다.
"크으윽……?!"
손톱이 기사의 가슴팍을 꿰뚫기 직전, 하늘에서 한 줄기의 섬광이 내리꽂혔다.
촤아아악!
마석수에 정수리에 내리꽂힌 섬광은 그대로 거대한 몸뚱이를 두 동강 내버렸다.
""오오오오?!""
눈앞의 광경에 술렁이는 기사들.
그리고 쓰러진 마석수 옆에는 마석수를 해치운 장본인인 에리스가 서 있었다.
"오오……! 에리스 님!"
"하이랄 메나스께서 우리를 구해주셨어!"

에리스는 냉정하면서도 우렁찬 목소리로 주변 사람들에게 외쳤다.

"이곳은 제가 맡을게요! 여러분은 진형을 유지한 채로 다가오는 전투에 대비하세요!"

""알겠습니다……!""

기사들이 침착함을 되찾기 시작했다.

하이랄 메나스가 하는 말이니 믿어도 될 것이다.

에리스의 목소리에는 기사들을 단결시키는 힘이 있었다.

에리스는 플라이 기어 포트에 탑승 중인 밀리에라에게 말했다.

"밀리에라! 알아낸 게 있으면 가르쳐 줘! 마석수화가 이대로 확산될 거라고 생각해? 그렇다면 모든 병력을 물려야 해……!"

"에리스 씨도 모르는 현상인가요……?!"

"물론이야……! 평범한 인간이 마석수로 변하다니! 이게 예삿일이었다면 세상은 일찌감치 멸망했을 거야……! 그래서? 뭐라고 생각해?"

"자세히 조사해 보기 전에는 단정할 수 없지만, 전군으로 확산되지는 않을 거라고 생각해요……! 아마도 마석수로 변한 것은 프리즘 파우더를 소지한 혈철쇄 여단의 구성원일 거예요! 프리즈마와 가까워지면서 특수한 반응을 일으켰나 봐요……!"

"프리즘 파우더?! 그렇구나. 그게 전부는 아닌 것 같지만……."

에리스도 밀리에라와 똑같은 결론에 다다른 모양이었다.

하지만 프리즘 파우더가 주된 요인이라는 점은 분명해 보였다.

"프리즘 파우더가 원인이라면 참 얄궂은 노릇이네. 프리즈마가 혈철쇄 여단의 스파이들을 색출해 준 셈이잖아……!"
"그건 그렇네요……!"
"어쨌든 알겠어! 이대로 영격 태세를 유지해 줘. 이 마석수들은 내가 처치할 테니!"
에리스는 근처에서 발생한 또 하나의 인간형 마석수에게로 돌진했다.
그아아악!
마석수는 반격하기 위해 주먹을 휘둘렀지만 오히려 휘두른 팔이 날아가고 말았다.
에리스가 오른쪽의 검으로 마석수의 팔을 베어버린 것이다.
에리스는 그대로 기세를 살려 마석수를 스쳐 지나갔고, 그 과정에서 왼손의 검으로 마석수의 몸통을 두 동강 냈다.
"오오오오……! 굉장해!"
"무시무시한 실력이야……!"
"한 마리 더!"
에리스는 근처에 있던 벽을 디딤대 삼아서 높이 뛰어올랐다.
그리고 에리스가 화살처럼 쇄도한 대상은…….
유아에게 거꾸로 매달려 있는 인간형 마석수였다.
"하아아압!"
어두운 밤에 번쩍이는 한 줄기의 섬광.
그런데 그때, 모리스의 몸이 두둥실 떠올라 에리스의 검이 빗나가고 말았다.

유아가 모리스를 들어 올린 것이다.

"어?! 넌 기사 아카데미의……."

"죽이면 안 돼. 얘는 홀쭉이야."

"그 심정은 이해해……! 하지만 마석수를 원래대로 되돌릴 수는 없어! 내버려 두면 너와 친구들을 해칠 거야……! 그러니 나한테 맡겨. 넌 눈과 귀를 막고 있기만 하면 되니까……."

"싫어. 홀쭉이는 홀쭉이야. 내 친구도 홀쭉이뿐이고."

"그래도 어쩔 수 없어……! 달리 방법이 없는걸! 제발 이해해줘……!"

"싫어……! 홀쭉이를 죽이려면 먼저 나부터 쓰러트려."

언제나 무감정한 유아가 보기 드물게도 강한 거절의 의사를 드러냈다.

"유아……! 모리스는 이미……!"

실바도 유아의 심정은 이해가 되었다.

실바도 모리스와는 알고 지내던 사이였다. 저 유별난 유아를 챙겨주고, 실바와 유아 사이에서 중재도 해주던 좋은 후배였다.

혈철쇄 여단의 관계자라 해도 구해줄 수 있다면 구해주고 싶었다.

하지만 에리스가 하는 말 또한 이해되었다.

마석수를 원래대로 되돌릴 방법은 존재하지 않는다.

게다가 지금은 대량의 마석수가 아르멘 마을로 침공해 오는 상황이다. 그 너머에는 프리즈마까지 있었다. 아군이 내부에서 붕괴하는 사태만큼은 피해야 했다.

이곳으로 침공하는 마석수 중에는 모리스와 같은 인간형 마석수도 섞여 있었다. 아마도 비슷한 과정을 거쳐서 발생한 개체들일 것이다.

현재 눈앞에 출몰한 인간형 마석수와 싸울 수 없다면 다가오는 마석수들과도 싸울 수 없다. 자칫하면 이 망설임이 아군의 전멸로 이어질지도 몰랐다.

따라서 한시라도 빨리 망설임을 떨쳐내고 마음을 다잡아야 했다.

에리스는 그러기 위해 본보기를 보여주려는 것이다.

병사 중에는 차마 동료를 죽이지 못하는 이들이 많았다.

에리스는 그들을 대신해 검을 휘두르고 있는 것이었다. 자신이 원망을 살 수 있음에도 불구하고.

실바는 특급 마인의 소유자다. 즉, 앞으로 하이랄 메나스와 함께 싸워나갈 인간이었다. 그렇기에 솔선해서 에리스의 결단에 협력해야 했다.

하지만 유아의 편을 들어주고 싶다는 마음을 떨쳐내기가 힘들었다.

모리스 한 명만이라도 못 본 척할 수는 없을까.

이대로 유아가 원하는 대로 내버려 둬도 괜찮지 않을까.

그러나 이런 생각이 드는 것은 실바가 모리스와 아는 사이기 때문이었다.

사명감과 개인적인 감정이 충돌을 일으켰다. 하지만 결정을 내려야 했다.

"실바 군."

밀리에라 교장이 손을 들어 실바를 제지했다.

자신이 말할 테니 그 이상 무리하지 말라는 뜻이었다.

밀리에라의 얼굴을 본 실바는 무심코 안심하고 말았다.

그리고 실감했다. 분하지만 자신은 아직 밀리에라 교장의 보호를 받는 아카데미의 학생이라는 것을.

하지만 밀리에라 교장이 뭐라고 입을 열기도 전, 에리스가 먼저 행동에 나섰다.

"미안해……! 날 원망해도 좋아!"

지상에 착지한 에리스는 쌍검을 휘둘렀다.

원거리 공격을 할 생각이라면 쌍검이 허공을 가로질러 날아가야 했지만, 그런 일은 일어나지 않았다.

에리스 주변의 공간이 일그러졌다.

"……!"

그 직후, 모리스 근처에 황금색의 칼날이 출현했다.

허를 찔린 유아는 그만 반응이 늦어지고 말았다.

그런데 에리스의 검이 모리스를 끝장내기 직전, 예상치 못한 방해가 들어왔다.

채애앵!

황금색의 창날이 거센 불꽃을 튀기며 에리스의 검을 막아낸 것이다.

에리스가 쌍검을 휘둘렀을 때와 동일한 현상이었다. 공간이 일그러지더니 아무것도 없는 장소에서 황금색의 창이 나타났다.

"뭐?! 저건 나와 똑같은……!"

"방해를 좀 하겠다. 동지를 지키려는 자를 내버려 둘 수는 없거든……."

유아의 반대편 건물 지붕에서 목소리가 들려왔다.

그곳을 바라보니 붉은 머리를 한 장신의 미녀가 있었다.

그녀는 에리스의 검을 막아낸 황금색의 창을 거머쥐고 있었다.

"하이랄 메나스……?! 혈철쇄 여단의……?!"

"시스티아다. 지금은 너희와 적대할 생각이 없으니 안심해라. 카랄리아의 하이랄 메나스여."

"……난 에리스. 그래 준다면 우리야 고맙지."

에리스는 긴장을 늦추지 않고 시스티아의 행동을 살폈다.

이윽고 시스티아는 유아가 있는 지붕으로 도약했다.

"다친 곳은 없으십니까?"

시스티아가 미소를 지으며 유아에게 물었다.

"으, 응. 괜찮아. 고맙습니다."

유아가 어색한 목소리로 답했다. 무섭게 생긴 미인이 다짜고짜 친근하게 말을 걸어오니 무리도 아니었다. 알고 지내던 사이도 아니었기에 더 당혹스러웠다.

"그러시면 일단 이자를 얼음 속에 가둬주십시오……! 걱정하실 것 없습니다. 마석수의 생명력이라면 그 정도로는 죽지 않으니까요. 비록 원래대로 되돌릴 수는 없지만, 공존이 가능한 형태로 변화시킬 수는 있을 겁니다……."

"……홀쭉이를 얼리면 돼? 으음, 방법을 모르는데……."

"제가 할게요! 유아 씨! 모리스 군을 이쪽으로 향하게 해요!"

유아는 밀리에라의 말대로 모리스의 방향을 틀었다.

"얼음이여!"

밀리에라 교장이 지팡이를 앞으로 내밀어 무수한 얼음덩어리를 날려 보냈다.

얼음덩어리가 모리스에게 적중하자 닿은 부분이 얼어붙기 시작했다.

뒤이어 다수의 얼음덩어리가 모리스의 몸을 두드렸고, 이리하여 눈 깜짝할 사이에 얼어붙은 모리스가 완성되었다.

"오오……. 교장 선생님, 고맙습니다."

"아뇨, 괜찮아요. 하지만 저로서는 여기까지밖에……."

그러자 에리스도 검을 칼집에 꽂아 넣고 시스티아에게 물었다.

"……이제 어쩌려고? 혹시 하이랄 메나스한테 마석수를 구원하는 능력이 있다면 나도 꼭 보고 싶은데……."

"미안하지만 그런 능력은 없다. 적어도 하이랄 메나스에게는 말이지."

시스티아가 머리를 들어 밤하늘을 올려다보았다.

그녀가 바라본 곳에는 검은색의 큼지막한 플라이 기어가 떠 있었다.

지상의 부대와 상공에 체류 중인 성기사단 사이를 가로지르며 나타난 플라이 기어.

"저건……!"

그 위에는 온몸을 새까맣게 물들인 가면의 남자가 타고 있었다. 에리스는 처음 봤지만, 그 인상착의는 익히 들어서 알고 있었다.

혈철쇄 여단의 수령인 흑가면이었다.

"프리즈마에 도전하는 고귀한 전사들이여, 미안하지만 잠시 양해를 구하겠다. ……우리 동지들에게 전한다! 지금 당장 프리즘 파우더를 파기하라! 현재 프리즘 파우더는 프리즈마의 안개와 섞여 인간을 마석수로 변화시키고 있다……! 프리즘 파우더를 소지하지 않는 한 마석수로 변하는 일은 없을 것이다! 자, 서둘러라!"

흑가면의 목소리가 쩌렁쩌렁하게 울려 퍼졌다.

인간이 냈다고는 믿기지 않을 정도로 커다란 목소리였다.

대규모의 군대가 모여있는 전장임에도 듣지 못한 병사가 없을 정도였다.

에리스는 마나의 흐름을 느끼지 못했지만, 다른 특별한 힘이 깃들어 있을지도 몰랐다.

"그런데 왜 이제 와서? 더 빨리 알려줬다면 피해자가 나오지 않았을 텐데……."

"그러게요. 프리즈마가 이동하는 동안 충분히 알아챌 수 있었을 텐데.”

에리스의 말에 밀리에라도 고개를 끄덕이며 동의를 표했다.

“어쩔 수 없었다. 프리즘 파우더가 문제를 일으킨 줄 알았더라면 우리도 진작에 동지들에게 전했을 거다……. 우리라고 동지들이 잠입해 있었다는 사실을 인정하는 게 쉽지는 않아. 그리고 마석수화 현상은 프리즈마가 아르멘 마을에 접근했을 무렵부터 발생했다. 우리도 동지들을 구하기 위해 서둘러야 했지. 비난받을 이유는 없다.”

시스티아가 불편한 얼굴로 설명했다.

“아르멘 마을에 접근했을 무렵부터? 그렇다면 어쩔 수 없었겠네……. 미안해.”

“알면 됐다. 우리도 프리즈마와의 중요한 전투를 방해해서 미안하다고 생각하던 참이다.”

“그런데 이상하군요. 하필이면 아르멘 마을에 들어서자마자 이런 현상이 발생하다니……. 이 마을에 뭔가 특별한 점이 있는 걸까요? 한때 프리즈마가 안치되어 있던 장소라서……?”

대화를 듣고 있던 실바가 자신이 느낀 의문을 입 밖에 냈다.

“어쩌면 프리즈마가 봉인되었던 동안 힘을 키운 것일지도 모르겠네요. 프리즘 파우더를 강화하여 인간을 마석수로 바꿔버릴 정도로요.”

밀리에라가 실바에게 답했다.

“뭐가 됐든 좋은 징후는 아니네…….”

에리스가 말했다. 그 누구도 그 말을 부정하지 못했다.

"저기. 홀쭉이는 계속 이대로 두는 거야? 떨어트려서 산산조각이 날까 봐 무서운데……."

얼어붙은 모리스가 세워진 지붕은 비스듬한 경사면으로 이루어져 있었다. 그래서 유아는 모리스가 떨어지지 않도록 한쪽에서 받치고 있었다.

"죄송합니다. 잠시만 기다려 주시죠."

시스티아가 유아를 돕기 위해서 손을 뻗으려던 순간, 위쪽에서 목소리가 들려왔다.

"기다리게 했군, 시스티아. 우리의 손으로 동지들을 안식으로 인도해 줘야겠다. 그것이 최소한의 속죄니까."

플라이 기어에 타고 있던 흑가면이 시스티아를 데리러 온 것이다.

"예! 하지만 그 전에 모리스를 구해주실 수는 없겠습니까? 노바 마을의 집정관에게 하셨듯이……."

시스티아가 흑가면에게 머리를 숙이며 정중히 부탁했다.

"그것을 구원이라고 할 수 있는지는 모르겠다만……. 네가 바란다면 그리하겠다."

"감사합니다……!"

고개를 끄덕인 흑가면은 얼어붙은 모리스 곁에 내려섰다.

흑가면이 얼음덩어리 위에 손을 얹자 푸르스름한 빛이 연기처럼 피어올랐다.

푸르스름한 빛은 계속해서 부풀어 올랐고, 반대로 모리스의 체구가 작아져 갔다.

"오오……?!"

유아가 눈을 동그랗게 뜨며 외쳤다. 어느새 모리스의 크기는 어깨에 얹을 정도로 작아져 있었다.

"아! 그랬던 거군요……! 잉그리스가 데리고 다니던 작은 아이도 이런 방식으로……!"

"그렇다. 방금도 말했다시피 이것을 구원이라고 말할 수 있을지는 모르겠다. 다만, 날뛰어도 큰 피해는 끼치지 않을 거다. 미안하군. 내 힘으로 가능한 건 이 정도뿐이다."

흑가면은 작아진 채로 얼어붙어 있는 모리스를 유아에게 건넸다.

"아뇨……. 고맙습니다. 원래대로 되돌리지 못해도 잘 키울게요. 친구니까……."

"그래……. 모리스를 잘 부탁한다."

"유아 양, 모리스를 원래대로 되돌리기 위해서 같이 노력해 봐요. 세오도어 씨도 협력해 주시고 계시거든요."

"네, 교장 선생님. 앞으로는 좀 더 성실하게 살게요."

"지, 지금까지는 성실하게 살지 않았다는 뜻인가요……? 그래도 자각은 있으셨군요. 히, 힘내죠……!"

이윽고 두 사람의 모습을 지켜보던 흑가면이 발걸음을 돌렸다.

"출발하자, 시스티아. 마석수로 변한 동지들이 아직 남아있다.

그들에게 안식을 주어야 해."
"예……!"
"인간형 마석수는 우리에게 맡겨라. 너희들은 앞만 보고 싸우면 된다. 너희나 우리나 똑같이 지상에서 살아가는 백성이다. 프리즈마와의 싸움에 힘을 빌려주는 것이 도리겠지."
"그래. 고마워."
에리스가 흑가면에게 대답했다.
이제 할 일은 각자의 적을 해치우는 것뿐.
그런데 그때 실바가 외쳤다.
"에리스 님, 교장 선생님! 잠시만 기다려 주세요! 모리스 군을 무력화시키는 것이 가능하다면 다른 인간형 마석수들에게도 같은 조치를 해야 하지 않나요?! 하나라도 더 많은 목숨을 구해야 합니다. 아니, 구한다는 표현이 맞는지는 모르겠지만, 어쨌든 뭐라도 해야 합니다. 지금이라도 전군에 지시를 내려야 합니다……!"
"실바 군……."
"안경 선배……. 가끔은 괜찮은 소리를 하네."
"가끔이란 말은 빼!"
실바의 제안을 들은 흑가면은 잠시 생각에 빠졌다.
"흠……. 마석수로 변한 자들은 전부 우리의 동지다. 목숨을 연명해서 미래의 가능성에 걸어보는 것도 괜찮겠지. 훨씬 어려운 싸움이 되겠지만, 협조해 준다면 시도해 볼 의향은 있다. 그러나……."

"뭔가 문제라도?"

"안타깝지만 내 힘도 무한하지는 않다. 많은 동지를 변화시키고 나면 프리즈마와 싸울 여력이 남아있지 않을 것이다. 그래도 상관없나?"

"…………."

에리스는 대답을 망설였지만, 실바는 즉답했다.

"상관없어! 프리즈마와 싸울 힘이 부족하다면 그걸 메우는 것이 내 역할이다……! 이 특급 마인은 장식이 아냐……!"

"나도. 힘낼게."

"그래. 믿음직스럽군. 이 전투에서 우리는 철저하게 조연을 자처할 생각이다. 민심을 흔들어 지상에 혼란을 초래하고 싶지는 않으니까. 우리의 적은 지상을 유린하는 하이랜더뿐. 그러면 지시를 부탁한다. 오래된 왕국의 공주였던 하이랄 메나스여."

"……?! 당신이 어떻게 그걸……. 도대체 정체가 뭐야……?!"

"네에……?! 에리스 씨, 공주님이었나요?!"

"다 지난 이야기야……! 지금 눈앞의 상황과는 하나도 관련이 없어."

"그렇군. 쓸데없는 소리를 해서 미안하다. 지금은 프리즈마를 토벌하기 위해 전력을 다해야 할 때지……. 방침을 정해 줄 수 있겠나?"

"……반드시 프리즈마를 토벌해야 하는 건 아니야. 아무도 없는 지역으로 쫓아낼 수 있다면 그것만으로도 충분해……."

말은 그렇게 했지만, 에리스의 머릿속은 복잡했다. 흑가면의 제안을 따라야 할지도 고민이었다.

마석수로 변한 인간들을 구할 수 있다면 에리스로서도 당연히 환영이었다.

그러나 흑가면은 말했다. 인간들을 구할 경우, 힘이 고갈되어 프리즈마와 대치하지 못하게 될지도 모른다고.

에리스는 흑가면이 다루는 힘의 정체를 파악하지 못했다. 마나의 흐름이 느껴지지 않았다.

하지만 무언가 강력한 힘이 작용했다는 것만큼은 분명했다.

하이랄 메나스인 자신이 모르는 강력한 힘.

즉, 어쩌면 그것은 잉그리스와 같은 힘일지도 몰랐다.

그렇다면 이 흑가면의 힘은 프리즈마와 싸우는 데 활용되어야 하지 않을까?

그래야 라파엘의 부담이 줄어들 것이고, 이 전투에서 생존할 확률도 올라갈 것이다.

마석수화한 인간들을 살려내더라도 정작 프리즈마를 막지 못하면 의미가 없었다. 구해낸 목숨보다 더 많은 사람이 희생될 것이다.

흑가면은 철저하게 조연을 자처하겠다고 말했다.

혈철쇄 여단이 지나치게 활약하면 민심이 그쪽으로 넘어갈 수도 있다는 뜻이었다. 언뜻 혈철쇄 여단에 유리한 이야기처럼 보이지만 흑가면은 국가 정세가 불안정해지는 것을 원하지 않는 듯했다.

애초에 혈철쇄 여단이 국가 전복을 노리는 것도 아니거니와, 프리즈마를 쓰러트리기 위해서는 지상의 모든 역량을 쏟아부어야 한다는 것을 이해하고 있기 때문이었다. 마석수로 인한 피해는 국경을 가리지 않는다.

하지만 여기까지 생각하니 더더욱 흑가면의 제안을 수락하기 힘들었다.

혼자서 함부로 결정할 수 있는 문제가 아니었다.

"알겠습니다. 전군에 전하도록 하죠. 인간형 마석수가 보이면 얼리는 방식으로 대응하라고."

대답은 다른 곳에서 들려왔다.

목소리의 출처는 어느샌가 근처까지 내려온 플라이 기어였다. 이곳에 탑승한 인물이 에리스와 흑가면의 대화를 들은 모양이었다.

"라파엘……! 그렇게 간단히 수락해 버려도……."

"저, 정말 괜찮겠어?"

플라이 기어의 조종간을 쥐고 있던 리플이 에리스의 말을 받아 되물었다.

"네. 저도 실바 군의 의견에 찬성입니다. 가능한 한 많은 인간을 구하고 싶어요. 저희에게는 마석수를 소형화하는 기술이 없으니까요. 저분만이 가능한 활약에 힘을 보태드려야 한다고 생각합니다."

라파엘은 망설임 없이 고개를 끄덕였다.

"마석수로 변한 자들은 모두 혈철쇄 여단의 동지다……. 당장 자네들을 적대할 생각은 없다만, 그래도 자네들한테 있어서는 배신자나 다름없지. 그래도 이들을 구하겠다는 것인가? 성기사여."

"마석수의 위협 앞에서 국가나 입장의 차이는 무의미합니다. 가능한 한 많은 사람을 구해내는 것. 그것이 제가 생각하는 이상적인 성기사의 모습입니다."

"자네에게 경의를 표하지. 그러면 프리즈마와의 전투는 자네에게 맡기고 나는 나만이 할 수 있는 일에 전념하도록 하겠다."

"그래. 이쪽은 맡겨 둬."

라파엘과 흑가면은 서로에게 고개를 끄덕여 보였다.

"에리스 님, 리플 님, 죄송합니다……. 일방적으로 결정해 버려서……."

"총지휘관은 너잖아. 결정권은 너한테 있어. 정해진 이상 따를 뿐이야."

"응. 나도 에리스와 마찬가지야. 라파엘이 결정한 일인걸."

하지만 무턱대고 라파엘을 프리즈마와 맞붙게 할 생각은 없었다.

그것은 최후의 최후를 위한 수단이었다.

애초에 프리즈마를 쓰러트리는 것만이 방법은 아니었다. 예를 들어 외진 지역으로 유인한다는 선택지도 있었다.

시간을 벌면 잉그리스가 도와주러 와줄지도 몰랐다.

어떻게든 라파엘의 희생 없이 이번 위기를 넘길 생각이었다. 절대로 포기하지 않을 것이다.
에리스와 리플도 서로를 향해 고개를 끄덕였다.
"서둘러 군대에 전령을 보내 작전을 전하도록 하죠……!"
"그래……!"
"응, 알았어!"
라파엘 일행이 행동을 개시하려던 그때, 흑가면이 이들을 제지했다.
"잠깐. 전달할 사항이 있다면 내 어깨에 손을 얹고 말해라. 전군에 네 목소리가 닿을 것이다."
"아아, 방금 그건가. 도대체 무슨 원리로……."
"딱히 대단한 기술은 아니다. 자, 서둘러라."
라파엘은 플라이 기어에서 내려와 흑가면의 어깨에 손을 얹었다.
"라파엘 빌포드입니다! 다들 들리십니까?!"
라파엘의 목소리가 흑가면처럼 마을 전체에 울려 퍼졌다.
"마석수로 변한 인간을 상대할 때는 빙결 능력을 지닌 마인무구로 움직임을 봉쇄해 주십시오! 얼리는 데 성공했으면 억지로 쓰러트리지 않으셔도 됩니다! 별도의 인력을 파견하여 무력화 조치를 할 예정입니다! 각자 빙결이 가능한 마인무구를 우선 장비해 주세요! 또한, 해당 마인무구를 다룰 수 있는 인원을 지킬 수 있도록 진형을 재정비해 주세요!"

라파엘의 설명이 끝나자 여기저기서 소리가 들려왔다.

"라파엘 님……?! 성기사님께서 그리 말씀하신다면!"

"이 녀석들을 구할 수 있는 건가……! 좋아, 해보자……!"

"알겠습니다, 라파엘 님!"

흑가면의 외침으로 정적에 휩싸였던 병사들이 라파엘의 목소리를 듣고 환성을 터트렸다.

"그러면 시작하죠……! 저를 따라와 주세요!"

라파엘이 드래곤 팽을 뽑아 들며 말했다.

크오오오오오오!

라파엘의 투지에 반응한 마인무구가 용의 포효를 내질렀다.

붉은색의 갑옷이 소환되어 라파엘의 몸을 감싸고, 갑옷에서 뻗어 나온 날개가 라파엘을 공중으로 띄워 올렸다.

이윽고 라파엘이 날아가자 뒤쪽으로 붉은 궤적이 그려졌다. 자신을 따라오라고 말하는 듯한 그 흔적은 전장의 기사들을 고무시켰다.

"""오오오오오오오!"""

전장 곳곳에서 함성이 터져 나왔다.

"라파엘! 뒤쪽은 동료들한테 맡겨!"

"우리는 앞으로 가자, 앞으로! 프리즈마의 군대가 근처까지 와 있어!"

"예! 어서 가죠!"

라파엘은 방벽 바깥쪽 상공에 포진하고 있는 성기사단의 전방으로 향했다. 에리스와 리플을 태운 플라이 기어도 라파엘을 따라 나란히 이동했다.

뒤를 돌아보니 부하들은 라파엘의 지시대로 진형을 재정비하는 중이었다.

부하들이 재정비하는 시간을 벌기 위해서라도 적극적으로 움직여야 했다.

“에리스 님! 리플 님! 저희가 먼저 적진을 헤집어 놓죠!”

“그래……! 확실히 그러는 게 좋겠어!”

“그럼 나와 에리스는 왼쪽으로 갈게!”

“네! 저는 오른쪽으로 가겠습니다!”

두 사람을 태운 플라이 기어와 라파엘은 각자 반대로 갈라졌다.

잠시 후, 라파엘은 전속력을 유지한 채로 적진의 우측에 도달했다.

“우오오오오오오!”

드래곤 팽의 붉은 칼날이 비행형 마석수들을 일직선으로 베고 지나갔다.

캬아아아아아아악!

비행형 마석수들은 비명을 내지르며 다리로 붙잡고 있던 인간형 마석수들을 지상에 떨어트렸다.

하지만 마석수는 물리적인 공격과 충격에 면역이다. 마인무구가 아니면 쓰러트릴 수 없는 존재였다.

따라서 높은 곳에서 떨어져도 별다른 피해를 입지 않았다.

그래도 여기까지는 예상대로였다. 문제는 비행형 마석수 쪽이었다.

프리즈마가 이끄는 이 마석수들은 한때 드래곤 팽에 닿기만 해도 증발하여 버렸었다.

하지만 지금은 달랐다. 소멸하지 않고 형태를 유지한 채로 비명을 내지르고 있었다.

"확실해……! 예전보다 더욱 강해졌어……!"

권속이 강해졌다는 말인즉 본체도 더욱 강해졌다는 뜻이다.

"하지만 상관없어……!"

서걱!

라파엘이 드래곤 팽을 휘둘러 마석수의 몸통을 두 동강 냈다.

증발시킬 수는 없어도 베어버리는 것은 가능했다.

"벨 수만 있다면 지금은 그걸로 충분해!"

라파엘은 드래곤 팽을 수평으로 거머쥐고 마석수 무리의 중심부를 향해 돌진했다.

"우오오오오오오!"

라파엘의 돌진은 붉은색을 띤 한 줄기의 거대한 참격이 되어 수많은 비행형 마석수들을 도륙했다. 대량의 인간형 마석수들이 바닥으로 추락했다.

그러자 후방의 성기사단이 얼음덩어리를 발사했다.

지상의 마석수들이 하나둘씩 얼어붙어 나갔다.

우측에서 중앙을 향해 돌진하던 라파엘은 좌측의 인간형 마석수들이 지상으로 추락하는 광경을 목격했다.

"역시 에리스 님과 리플 님이셔……!"

그렇다면 이쪽도 질 수 없었다.

라파엘은 더욱 속도를 올려 마석수들을 압박해 나갔다.

반대편의 에리스와 리플도 압박을 계속했고, 그 결과 좌우로 넓게 퍼져있던 마석수들은 가운데로 둥글게 내몰리게 되었다.

라파엘이 중심부에 도착했을 즈음, 성기사단의 전열에서도 마석수와 격렬한 교전이 시작된 상태였다.

라파엘과 에리스, 리플이 자리를 떠나있는 동안 성기사단도 놀고만 있지는 않았다.

마석수들은 베네픽의 국경에서 싸웠을 때보다 강했지만 그래도 순조롭게 대응했다. 지휘관으로서 부하들이 믿음직스러울 따름이었다.

성기사단의 희생자는 적었고, 마석수의 숫자도 눈에 띄게 줄어들어 갔다.

그리고 잠시 후, 라파엘은 좌측에서 밀고 들어온 두 사람과 합류했다.

"라파엘! 그쪽은 잘돼 가?!"

"예! 그런데 에리스 님, 리플 님, 눈치채셨나요? 마석수들이 이전보다 강해진 것 같습니다……!"

"응. 전보다 더 단단해진 것 같아! 본체가 강해졌다는 뜻일까……?!"

"그러니까 더더욱 전력을 아껴야 해! 아군의 피해를 최대한 억제하면서 다음 침공에 대비하자……!"

"예, 알겠습니다!"

라파엘은 고개를 돌려 후방의 아르멘 마을을 바라보았다.

인간형 마석수로 인한 혼란은 대부분 잦아든 상태였다.

마을 곳곳에서 푸르스름한 빛이 피어오르고 있었다.

흑가면이 인간형 마석수들을 소형화할 때 발생하는 현상이었다.

방벽 위에 배치된 기사들도 타깃을 바꿔 마을 밖에 추락한 인간형 마석수들을 얼리기 시작했다.

작전은 순조롭게 진행되는 듯했다. 작전이 마무리되면 흑가면에게 부탁해 마을 바깥에 얼어붙어 있는 마석수들도 무력화시켜 달라고 해볼 생각이었다. 허락해 줄지는 미지수지만 달리 맡길 사람이 없었다.

"저쪽도 분발하고 있군요…… 핫?! 저건……?!"

"으악……?! 저, 저기 좀 봐봐!"

"리플, 라파엘! 다음 적들이 오고 있어……!"

세 사람이 동시에 외쳤다.

이때 라파엘은 후방을, 에리스는 오른쪽을, 리플은 정면을 바라보고 있었다.

"""?!"""

즉, 세 사람은 각각의 방향에서 마석수 무리를 발견한 것이다.

"뭐라고요……?! 이게 대체……!"

"우리를 포위할 생각인 거야?!"

"사, 사방이 온통 마석수 천지야……!"

아르멘 마을이 군단급 규모의 마석수에 의해 포위되려 하고 있었다.

대부분의 마석수는 비행형으로 구성되어 있었다. 그리고 그 숫자는 지금 세 사람과 교전 중인 마석수의 몇 배, 아니, 몇십 배에 달했다.

하지만 정말로 이상한 점은 따로 있었다.

"마석수가 이렇게 전략적으로 움직이다니……!"

"내 말이! 지금까지 이런 경우가 있었나……?"

에리스와 리플도 라파엘과 비슷한 생각을 한 모양이었다.

마석수가 인간을 위협하는 존재이지만, 마석수의 행동 방식은 짐승과 비슷했다.

무리를 이뤄서 마을을 습격하는 경우라면 이전에도 종종 보고된 적이 있다.

하지만 그것은 어디까지나 본능에서 나온 행동이었다. 전략적인 판단과는 거리가 멀었다.

일반적인 마석수들은 지금처럼 적의 거점을 포위할 생각 자체를 하지 않았다. 뚜렷한 목적이 없으면 실현 불가능한 전술 행동이었다.

막대한 규모는 물론이고 움직임마저도 꺼림칙했다. 그렇기에 더더욱 위협적이었다.

하지만 겁을 먹는다고 뭔가가 달라지는 것도 아니었다.

적에 맞서서 싸울 뿐이다.

“우물쭈물하고 있을 때가 아닙니다! 곧바로 응전 태세에 돌입하죠!”

“맞는 말이야! 우리가 망설이면 그만큼 동료들이 쓰러져 나갈 뿐이야……!”

“어떻게 맞서는 게 좋을까? 성기사단만으로 감당할 수 있는 숫자가 아니야!”

“저희가 앞으로 나가면 고립될 거예요! 일단은 방벽 안으로 되돌아가죠! 다른 영지의 군대와 연계해서 총력전을 펼치겠습니다……!”

“적은 사방에서 몰려오고 있어……! 어딘가 한 곳이 무너지면 그곳으로 우르르 들이닥칠 가능성이 커!”

“그러면 우리는 뿔뿔이 흩어져서 싸우는 편이 낫겠다!”

“성기사단을 넷으로 나누어 각 방면에 투입하겠습니다! 이들을 주력 부대로 삼아서 전선을 유지하죠!”

“우리가 하나씩 맡으면 되겠네……! 나머지 한 곳은?!”

“부단장한테 맡기는 게 어때? 밀리에라한테도 지원을 와 달라고 부탁하자! 모처럼 참전해 줬으니까!”

“알겠습니다! 그렇게 하죠! 퇴각하는 동안에는 제가 후미에서 성기사단을 호위하겠습니다!”

아직 눈앞의 적들도 소탕하지 못한 상태였다.

하지만 당장 움직이지 않으면 마을의 병사들이 속수무책으로 당하고 만다.

따라서 방어 태세를 갖추기 전까지 성기사단을 지켜줄 사람이 필요했다.

"그러면 나는 밀리에라한테 상황을 전하러 갈게……!"

"에리스 님은 부단장과 함께 단원들을 넷으로 나눠 각지에 배치해 주세요!"

"알겠어! 배치가 끝나면 난 서쪽으로 갈게!"

"그러면 난 북쪽! 밀리에라한테는 남쪽으로 가라고 전할게!"

"저는 호위가 끝나는 대로 동쪽을 지키러 가겠습니다!"

고개를 끄덕인 세 사람은 각자의 임무를 완수하기 위해 움직이기 시작했다.

비행형 마석수로 이루어진 대규모 부대는 아르멘 마을을 포위한 채로 서서히 거리를 좁혀왔다.

반면 알카드군은 네 방향으로 쪼개진 성기사단을 중심으로 마석수 격퇴에 나섰다.

방벽에 배치된 기사들이 일제히 원거리 공격을 날렸지만, 당연히 그것만으로는 역부족이었다. 이윽고 아르멘 마을 전역에서 교전이 발생했다.

동쪽을 담당하는 라파엘은 마석수와 교전하며 큰 소리로 병사들을 고무시켰다.

"부상자는 무리하지 말고 퇴각하세요! 지하 갱도로 가시면 안전합니다! 멀쩡하신 분들은 퇴각하는 부상자를 엄호해 주세요!"

비행형 마석수가 지하 갱도까지 공격해 올 가능성은 적었다.

애초에 좁은 갱도에서는 비행형 마석수가 제대로 활개칠 수 없다.

갱도 내부에도 기사들을 배치해 두었기 때문에 들어와 준다면 오히려 환영이다.

지하 갱도가 마련되어 있어서 정말로 다행이었다.

부상자를 전장에 그대로 방치했으면 희생자가 걷잡을 수 없이 늘어났을 것이다.

일반적인 전쟁이라면 오히려 당연한 것이었지만, 지하 갱도를 활용하면 아군의 생존율을 크게 끌어올릴 수 있었다. 당연히 적극적으로 써먹어야 했다.

"동료와 멀리 떨어지지 않도록 주의하세요! 절대 단독으로 행동하면 안 됩니다! 서로의 사각을 봐주면서 피해를 최소화하는 데 집중하세요! 싸움은 이제 막 시작되었을 뿐입니다!"

전선은 팽팽한 호각이었다.

마석수의 숫자는 아직 많았지만 어떻게든 큰 피해 없이 버텨내고 있었다.

이 상황을 계속 유지할 수만 있다면…….

그런데 그때, 뒤쪽에서 누군가가 무서운 기세로 뛰쳐나왔다.

그 인물은 전선을 훌쩍 뛰어넘어 적진 한복판으로 돌격해 들어갔다.

"이런! 너무 앞으로 나왔어요……! 위험합니다, 돌아가세요!"

라파엘의 제지가 무색하게도 그는 눈 깜짝할 사이에 마석수에게 둘러싸여 버렸다.

하지만 그것도 잠시.

휘우우우우웅!

푸르스름한 빛의 기둥이 솟아오르며 주위의 마석수들이 소멸해 버렸다.

빛 한가운데 서 있는 인물은 다름 아닌 혈철쇄 여단의 흑가면이었다.

"……!"

"방해해서 미안하군. 이쪽도 완수해야 할 일이 있어서."
곧바로 다른 마석수들이 흑가면을 노리고 달려들었다.
슈슈슈슈슈슉!
하지만 마석수들은 폭풍우 같은 공격에 갈가리 찢겨버리고 말았다.
시스티아가 황금색 창으로 연속 찌르기를 구사한 것이다.
그녀는 흑가면의 곁으로 이동해 라파엘을 돌아보았다.
"네가 부탁한 일이다. 더 이상의 지시는 받지 않겠다."
즉, 흑가면과 시스티아는 마을 바깥에 얼어붙어 있는 인간형 마석수들을 무력화시키러 갈 작정인 것이다.
"부, 부탁드립니다……. 조심하시고요!"
라파엘은 저들을 막을 이유도, 그럴 권리도 없었다.
저 두 사람이라면 분명 괜찮을 것이다.
"쓸데없는 참견이다. 네 걱정이나 하시지……!"
"관둬라, 시스티아. 서두르자. 동지들이 기다리고 있다."
"예! 실례했습니다!"
머리를 깊이 숙이는 시스티아. 그렇게 두 사람은 적진 안으로 자취를 감추었다.
"그보다 다른 곳은 어떻게 됐지……?!"
라파엘은 하늘 위로 올라가 다른 방면의 전황을 살폈다.
에리스가 이끄는 서쪽과 리플이 이끄는 북쪽은 이곳과 큰 차이가 없었다.

팽팽하게 전선을 유지하며 적들을 저지해 내고 있었다.

그리고 부단장과 밀리에라에게 맡긴 남쪽.

이곳이 가장 많은 마석수들을 막아내고 있었다.

아니, 막아내는 것을 넘어서 조금씩 몰아내고 있었다.

"대단한걸……! 고맙습니다, 밀리에라 선배."

남쪽에는 밀리에라가 이끄는 부대가 파견되었다.

기사 아카데미의 학생들까지 전투에 동원해 버렸다는 사실에 죄책감을 느꼈지만, 그래도 이 결과는 실바를 비롯한 아카데미 학생들 덕분이었다.

밀리에라 혼자서 지원을 왔다면 다른 곳들과 마찬가지로 교착 상태가 되었을 것이다.

훌륭한 학생들이 육성되고 있었다.

게다가 지금은 자리에 없는 잉그리스 일행도 아카데미의 학생이었다.

죽음을 전제로 싸울 생각은 추호도 없지만, 다음 세대의 기사들이 대기하고 있다는 사실을 알게 되어서 믿음직스러웠다.

그렇다면 이쪽도 성기사로서 전력을 다할 뿐이다.

라파엘이 최전선으로 향하려던 그때, 뒤쪽에서 기사들의 당혹스러운 목소리가 들려왔다.

"으엇……?! 꼬, 꼬마야……! 너무 앞으로 나왔어!"

"기, 기사 아카데미의 학생인가……?! 여기는 위험해! 원래 위치로 돌아가……!"

그리고 나타난 것은 어딘가 멍해 보이는 작은 체구의 소녀, 유아였다.

유아는 마치 조깅이라도 나온 것처럼 최전선을 향해 달려가고 있었다. 그러나 설렁설렁 뛰는 듯 보여도 그 속도는 놀라우리만치 빨랐다.

이윽고 유아는 벽을 차고 뛰어올라 근처의 건물 지붕에 착지했다. 기사들이 한순간 모습을 놓쳤을 정도로 민첩한 동작이었다.

"어라……?! 어, 어디로 갔지……?!"

"위쪽이야……! 엄청 빨라!"

놀라움 반 걱정 반으로 전전긍긍하는 기사들. 유아는 그들을 돌아보며 말했다.

"지원 왔어요. 잘 부탁해요."

그리고 유아는 검지와 엄지를 세워 권총 모양을 만들었다.

"빵야."

피유우우웅!

유아의 손끝에서 광선이 뿜어져 나와 근처에 있던 마석수의 몸통을 꿰뚫었다.

광선에 관통당한 마석수는 그대로 지상에 떨어져 소멸해 버렸다.

캬오오오오오!

유아를 적으로 인식한 마석수들이 우르르 몰려들었다.

"빵야, 빵야, 빵야."

유아는 불어난 숫자에 맞춰 양손으로 광선을 난사했다.

마석수들이 차례차례 추락하며 주변 전장에 숨통이 트이기 시작했다.

"오오오오……!"

"괴, 굉장해, 저 학생……!"

기사들이 감탄을 내뱉었다.

"저 애는……?! 무인자인가……?! 마치 크리스 같은걸……!"

주변의 기사들은 여유가 없어 눈치채지 못했지만, 라파엘은 유아의 손등에 어떠한 마인도 새겨져 있지 않다는 사실에 주목했다.

상식으로는 설명되지 않는 정체불명의 강함.

그런 의미에서 이 학생은 잉그리스를 연상시켰다.

특급 마인을 지닌 실바에 더해서 이 여학생까지. 남쪽 전장에서 우위를 점하는 것도 납득이 되었다.

"이얍."

마석수들의 숫자가 줄어들자 유아는 적들이 밀집해 있는 전방의 건물 옥상으로 뛰어올랐다.

유아는 양손의 광선을 난사하여 똘똘 뭉친 마석수들을 뚫어보려 했으나…….

캬오오오오!

마석수의 숫자가 너무 많았다.

결국 마석수 중 한 마리가 광선들 사이로 파고들어 유아를 들이받았다.

"오오?"

유아의 작고 가벼운 몸은 너무나도 손쉽게 튕겨 날아갔고, 그대로 지붕에 충돌해 밑으로 떨어졌다.

"위험해!"

황급히 달려간 라파엘은 유아가 추락하기 전에 무사히 받아내는 데 성공했다.

"괜찮니……?! 그런데 네 이름이……."

"유아예요. 고맙습니다."

"그래, 유아 양이구나. 도와주러 와준 건 고맙지만 단독 행동은 위험해. 우리와 보조를 맞춰 줘."

라파엘이 타이르자 유아의 무표정한 얼굴이 살짝 경직되었다.

"힉. 죄송합니다. 잘못했어요. 앞으로 안 그럴게요……!"

"어, 어? 딱히 화낸 건 아닌데……. 무섭게 했다면 미안해……."

"응? 화난 거 아니야?"

"그래. 화낼 생각 없어."

"하지만 그 애의 오빠니까 화나면 엄청나게 무서울 거야."

"그 애? 라니를 말하는 거니?"

라파엘의 질문에 유아는 고개를 끄덕여 보였다.

"하하하……. 왠지 미안한걸. 나는 라니가 화내는 모습을 제대로 본 적이 없거든."

"……화 안 났어? 정말로?"

"물론이야. 그보다 혼자서 돌격하지 말고 나와 연계해 주지 않을래?"

"알았어. 꽃미남 오빠."

유아의 무감정한 눈동자가 약간 초롱초롱해졌다.

"나, 나한테 하는 말이니?"

유아는 다시금 고개를 끄덕였다.

유아가 라파엘을 뭐라고 부르든 본인의 자유였지만 당혹스러운 건 사실이었다.

"어, 어쨌든 잘 부탁할게……!"

라파엘은 그렇게 말하며 안아 들고 있던 유아를 바닥에 내려놓았다.

마침 전방에서 마석수 무리가 돌진해 오고 있었다.

"나도 잘 부탁해. ……강력한 빵야!"

유아의 오른손에서 방금보다 몇 배는 거대한 광선이 뿜어져 나왔다.

광선은 크기만 할 뿐 아니라 영롱한 무지갯빛을 띠고 있었다.

피슈우우우웅!

겉모습처럼 위력도 차원이 달랐다.

여러 마리의 마석수를 꿰어버린 채로 한참을 날아간 광선은 허공에서 폭발하여 마석수와 함께 소멸했다.

"""오오오오……! 엄청난 위력이다!"""

"유아 양?! 정말 대단한걸……!"

그런데 어느샌가 유아의 몸에는 리플처럼 귀와 꼬리가 자라나

있었다. 심지어는 희미하게 무지갯빛을 띠고 있었다.

어쨌든, 라파엘로부터 대단하다는 표현을 이끌어낼 만한 위력과 사정거리였다.

드래곤 팽에는 원거리 공격 수단이 없기에 비교하긴 어렵지만, 라파엘이 인간형 마석수를 얼리기 위해서 사용 중인 단검보다는 훨씬 강력했다.

"계속 갈게."

심지어 연사도 가능했다!

피슈우우웅! 피슈우우웅! 피슈우우우우웅!

전방을 가로막고 있던 마석수들이 순식간에 쓸려나갔다.

몇 채의 건물이 흔적도 없이 파괴되기는 했지만, 최전선에서 적진을 향해 발사했기 때문에 아군의 피해는 없을 것이다.

"길이 열렸다!"

"전선을 끌어올려……!"

"좋았어! 가자! 이번에는 우리가 마석수 놈들을 밀어붙이자!"

유아가 만들어낸 공간으로 쏟아지듯 몰려 들어가는 기사들.

"그럼 다음은……."

유아가 주변을 두리번거렸다.

아군들이 일제히 움직이는 바람에 약간 혼란스러운 눈치였다.

"유아 양! 나를 붙잡아! 공중에서 적들을 요격하자!"

라파엘이 유아를 불렀다.

아무래도 유아는 집단행동이 서투른 모양이었다.

그래서 라파엘은 차라리 유아를 하늘로 데리고 올라가기로 했다. 하늘에서 적들을 요격하면 유아의 공격력을 최대한 활용할 수 있을 것이다.

적들이 유아를 노리고 접근하면 드래곤 팽으로 베어버릴 수도 있었다.

"붙잡아? 업어주게?"

유아가 고개를 갸웃했다.

"목마든 뭐든 상관없어! 적들을 노리기 쉬운 장소로 데려다 줄게!"

"알겠어. 그럼 실례……."

유아가 라파엘의 어깨에 폴짝 뛰어올랐다.

"야호. 꽃미남 오빠의 어깨에 탔다."

"하하……. 목숨을 걸고 싸워주는데 이 정도쯤이야. 그럼 앞으로 이동할게……!"

하늘 높이 날아오른 라파엘은 눈앞의 마석수들을 도륙 내며 최전선을 누볐다.

"유아 양, 지금이야! 정면!"

"강력한 빵야."

피슈우우우웅!

유아가 발사한 광선이 대량의 적들을 격추시켰다.

"좋아, 다음……!"

"오케이."

위치를 조정한 뒤 다시 한번 발사.

이번에도 비슷한 숫자의 마석수가 쓸려나갔다.

"저쪽으로도 이동할게! 지금이야, 유아 양……!"

"알았어. 강력한 빵야…… 어?!"

불현듯 유아가 몸을 움찔하더니 그대로 굳어버리고 말았다.

결국 광선도 발사되지 않았다. 라파엘은 잠시 전장을 이탈해 어깨에 앉아있는 유아를 올려다보았다.

"유아 양? 갑자기 왜 그래? 지쳤어?"

그토록 강력한 위력의 공격을 연발해 댔으니 지칠 만도 했다.

유아는 무인자다. 그렇기에 라파엘은 유아가 체력을 얼마나 소모했는지 파악하기 어려웠다.

게다가 이곳으로 오기 전에는 밀리에라의 부대에 속해서 싸웠을 테니, 어쩌면 라파엘의 부탁 때문에 무리를 한 것일지도 몰랐다. 그렇다면 미안할 따름이었다.

"…………."

하지만 라파엘의 질문에도 유아는 묵묵부답이었다.

눈을 동그랗게 뜨고서 멀리 떨어진 어느 한 지점을 바라보고 있을 뿐이었다.

"……아빠……?"

유아가 작은 목소리로 중얼거렸다.

"뭐?"

유아의 시선을 쫓아간 라파엘이 목격한 것은 밤하늘에 떠 있는 프리즈마였다. 압도적인 크기와 위용을 자랑하는 무지갯빛의 프리즈마.

프리즈마는 천천히 날갯짓하면서 아르멘 마을을 둥글게 일주하고 있었다.

"프리즈마……?! 드디어 나타난 건가……!"

이쪽의 상황을 살피고 있는 것일까. 아니면 무언가를 찾고 있는 것일까.

프리즈마는 의미심장한 분위기를 풍기면서 조금씩 거리를 좁혀오고 있었다.

그뿐만이 아니었다. 프리즈마의 몸에서 빠진 깃털들은 허공에 남아 기다란 궤적을 형성했고, 그렇게 만들어진 무지갯빛의 고리가 아르멘 마을을 에워싸고 있었다. 환상적인 광경이었다.

"와, 왔어! 저게 바로 프리즈마야……!"

"무, 무섭지만 아름다운 광경이군……!"

"도, 동감이야……! 떨림이 멈추질 않아!"

주변의 기사들이 술렁이기 시작했다.

프리즈마가 다짜고짜 돌진해 오지 않아서 한편으로는 다행이었다. 기사들이 냉정함을 되찾을 시간을 벌 수 있었으니까. 하지만…….

"아……?! 저, 저길 봐!"

"프리즈마의 깃털에서 마석수가……?!"

프리즈마가 흩뿌린 무지갯빛 깃털들이 하나둘씩 비행형 마석수로 변화해 갔다.
아르멘 마을을 에워싸고 있던 환상적인 광경이 공포의 상징으로 돌변하는 순간이었다.
끔찍하리만치 많은 마석수가 우글거리는 지옥도가 펼쳐지려 하고 있었다.
새롭게 생성된 마석수 군단의 수는 기존에 존재했던 마석수의 수를 아득하게 능가하고 있었다.
지금도 전 병력을 동원해서 가까스로 버티고 있건만, 훨씬 더 많은 적군이 나타난 것이다.
"윽……?! 뭐, 뭐가 저렇게 많아!"
"이, 이럴 수가……! 몇 배는 더 되겠어……!"
"저, 저만한 마석수를 막아낼 수 있을까?"
여기저기서 두려움과 당혹감이 섞인 목소리가 터져 나왔다.
기사들의 사기가 무너지려 하고 있었다.
"……무리도 아니지. 저렇게 압도적인 광경을 봐버렸으니. 게다가……!"
라파엘의 시야 한가운데를 가로지르는 무지갯빛 궤적에서는 지금도 계속해서 새로운 마석수가 탄생하고 있었다.
이미 열세인 전력 차가 시간이 지날수록 더욱더 벌어졌다.
프리즈마가 아르멘 마을을 포위하고 있는 한 달아날 방법도 없었다.
"유아 양! 내려줄 테니까 안전한 곳에 숨어있어!"

"어째서? 목마 타는 거 재밌는데."

"위험하거든……! 난 지금부터 프리즈마를 막으러 갈 거야! 유아 양은 물러나서 몸을 지키도록 해!"

다만 구체적으로 어떻게 맞서 싸울지는 아직 정하지 못한 상태였다.

우선은 마석수의 증가를 막는 것이 급선무였다.

이대로 방치하면 포위된 채로 병력을 소모한 끝에 전멸하고 말 것이다.

가장 이상적인 방법은 프리즈마를 격퇴하는 것이었다.

중상을 입히든, 주의를 끌어서 다른 곳으로 유인하든 행동에 나서야 했다.

공격은 최고의 방어라는 말이 있듯이.

"그러면 나도 같이 갈래."

한편, 유아는 다른 기사들과 달리 태연하기만 했다.

오히려 라파엘보다도 침착해 보였다.

"뭐……?! 나야 고맙지만……. 아, 아니지. 역시 너무 위험해!"

아무리 강한 실력자라 할지라도 유아는 아카데미의 학생이었다.

프리즈마와 치고받는 위험한 장소에 데려갈 수는 없었다.

"아니, 이것저것 따질 때가 아니야……! 할 수 있는 건 뭐든 해야 해!"

바로 그때, 플라이 기어를 타고 날아온 에리스가 라파엘과 유아의 대화에 끼어들었다.

"에리스 님! 마을 쪽은 괜찮은 건가요?!"

"괜찮고 자시고, 지금은 프리즈마를 어떻게 하는 수밖에 없어! 너도 알고 있잖아……? 이대로 방어에 전념해 봤자 허사야. 저 엄청난 수의 마석수들 앞에서는……!"

"네, 확실히 그렇죠."

에리스의 말대로였다. 이쪽의 전력은 유한했고, 마석수의 숫자는 무한했다.

여기서는 힘을 집중시켜 근본적인 원인을 제거하는 수밖에 없었다.

"에리스! 라파엘! 그리고 유아도 있구나……!"

"리플!"

"리플 님!"

"동물귀 어르신……."

에리스에 이어서 리플도 플라이 기어를 타고 모습을 드러냈다.

"에리스도 나랑 똑같은 생각을 했구나?! 마석수가 저렇게 계속 불어나면 절대로 못 막을 거야! 보스를 쳐야 해! 유아야, 미안하지만 협력해 주지 않을래……?!"

"무섭겠지만 부탁할게! 조금이라도 많은 힘을 한꺼번에 쏟아부어야 해! 라파엘을 도와준다 생각하고……!"

이번 프리즈마는 학습 능력이 극단적으로 높은 개체였다. 동일한 공격을 가하면 금세 내성을 갖춰버리는 것이다. 그렇게 되면 피해를 무효화하는 것을 넘어서 공격을 흡수해 버린다.

게다가 프리즈마로서 자체적인 치유 능력까지 지니고 있었다.
즉, 내성을 갖추기 전에 일제히 공격하는 것만이 유일한 돌파구였다. 에리스의 말이 옳았다.
"네. 처음부터 그럴 생각이었어요."
"오오! 멋지다, 유아!"
"꽃미남을 돕는 것은 정의."
"하핫. 유아는 얼굴을 밝히는 편이구나~."
"부정할 수 없는 사실."
"여, 여러분……! 장난을 치고 있을 때가……."
"장난일 리가 없잖아! 우리는 어느 때보다 진지하다고! 동원할 수 있는 건 전부 동원해서 싸워야 해! 사람들을 구한답시고 너 혼자 희생할 생각은 마! 협력해 주지 않을 테니까!"
"맞아! 우리는 모두가 웃을 수 있는 세상을 만들기 위해서 싸우고 있어! 라파엘……! 억지 같지만 우리 말대로 해줘!"
"에리스 님, 리플 님……!"
"이얍."
그때 유아가 라파엘의 어깨에서 폴짝 뛰어내렸다.
근처의 지붕에 착지한 유아는 지붕과 지붕을 오가며 프리즈마가 있는 곳으로 향했다.
"이야기가 길어질 것 같으니 먼저 갈게요."
"앗……?! 유, 유아 양!"
라파엘이 유아에게 정신이 팔린 사이, 에리스가 주변의 기사들에게 외쳤다.

"다들 들어주세요! 지금부터 프리즈마에게 돌격할 예정입니다! 단숨에 밀어붙여서 이 이상 마석수가 출현하지 않도록 막을 거예요!"

이어서 리플이 외쳤다.

"저 프리즈마한테는 똑같은 공격을 해봤자 먹히지 않아! 금세 적응해 버리거든! 그러니까 일격필살로 끝내야 해! 모두 힘을 보태줘!"

"라파엘을 선두로 돌격할게요! 다들 따라와 주세요!"

에리스의 호령에 기사들이 우렁찬 목소리로 대답했다.

"예! 에리스 님의 말씀에 따르겠습니다!"

"해보자고! 이렇게 된 이상 이판사판이다!"

"어차피 내 목숨은 라파엘 님께 바친 지 오래야……!"

그들의 한마디 한마디가 라파엘의 등을 떠밀어 주었다.

"가죠, 라파엘!"

"저도 온 힘을 다하겠습니다!"

밀리에라와 실바도 플라이 기어를 타고 날아와 라파엘 일행에 합류했다.

"여러분……. 알겠습니다……! 어디 해보죠! 목표는 프리즈마! 마석수들을 무시하고 돌격해 일제 공격을 감행합니다! 각 플라이 기어에 최대한의 전력을 싣고 제 뒤를 따르세요!"

전속력으로 뛰쳐나간 라파엘은 앞서가던 유아를 주워 들고 프리즈마로 향했다.

""우오오오오오오오오!""

라파엘이 지나간 길 위로 우레와도 같은 함성이 뒤따랐다.

그렇게 카랄리아군의 반전 공세가 시작되었다. 라파엘과 수많은 플라이 기어들이 하나가 되어 밤하늘에 있는 프리즈마를 향해 쇄도했다.

지상에 남아있던 기사들의 눈에는 그 광경이 프리즈마에게 도전하는 또 한 마리의 새처럼 보였다.

마석수들도 가만히 지켜보고만 있지는 않았다. 프리즈마에게 돌격하는 기사들을 무리 지어 습격해 왔다.

"우와아아아아아앗!"

"끄아아아아아아아악!"

"괜찮아?! 크어억!"

"돌아보지 마! 앞으로 나아가! 프리즈마를 물리치는 거야! 으아아악!"

방어를 포기한 돌격이었기에 희생자가 속출했다.

플라이 기어와 기사들이 지상으로 추락해 갔다.

"큭……! 예상은 했지만, 적들도 이쪽을 노리고 몰려드는군요!"

"뒤집어 말하면 프리즈마의 방어가 약해졌다는 뜻이기도 해! 어쨌든 앞만 바라봐!"

"에리스의 말대로야, 라파엘! 우리의 목표는 프리즈마야!"

비록 희생이 따르기는 했지만, 마석수도 이쪽을 전멸시키지는 못했다.
그리고 마침내, 라파엘이 이끄는 군대가 프리즈마의 앞에 도달하는 데 성공했다.
"드디어 여기까지 왔군! 전원 공격 준비!"
라파엘의 호령이 떨어진 순간, 프리즈마의 움직임에 변화가 생겼다.
캬오오오오오!
프리즈마가 라파엘을 향해서 커다란 입을 벌린 것이다. 무지갯빛의 기운이 프리즈마의 입 한가운데로 모이고 있었다.
신기하게도 적의나 살의는 느껴지지 않았다.
다만, 이곳을 향해서 무언가를 발사하려는 것임에는 분명했다.
"이런! 산개하세요! 저 기술을 회피한 다음 일제히 공격하겠습니다!"
"크윽! 다들 흩어져!"
"대체 뭐야, 저 공격은……! 얼른 피해!"
휘이이이이이잉!
프리즈마의 입에서 무지갯빛의 광선이 회오리치듯 뿜어져 나왔다.
"크……! 유아 양! 꽉 붙잡아!"
"와, 포상."
라파엘은 급하게 방향을 선회했고, 프리즈마의 광선은 라파엘의 코끝을 스치듯 아슬아슬하게 비껴갔다.

“빨라……! 하지만……! 이 정도로는 어림없지!”
“하이랄 메나스가 당하면 곤란하거든!”
에리스와 리플도 플라이 기어를 선회하여 광선을 회피했다.
“교장 선생님! 죄송합니다, 급해서 운전이 거칠어지고 말았어요! 괜찮으신가요?”
“저, 전 괜찮아요. 그보다 이건 대체……?”
밀리에라는 회피하지 못하고 무지갯빛 광선에 삼켜진 자들을 바라보고 있었다.
““으아아아아아아!””
기나긴 비명이 울려 퍼졌다.
즉, 목소리가 중간에 끊어지지 않았다는 뜻이었다.
광선이 휩쓸고 지나갔음에도 추락한 플라이 기어는 한 대도 없었다.
“어……?!”
“뭐, 뭐였지……?”
“사, 살아있네……?”
광선에 휩쓸렸던 기사들이 어리둥절한 얼굴로 중얼거렸다. 하지만 다음 순간…….
우드득! 우드득!
그들은 마석수로 변화하고 말았다.
““이럴 수가?!””
라파엘과 에리스, 리플은 경악하며 굳어져 버렸다.

여태껏 인간형 마석수는 프리즘 파우더와 프리즈마의 화학 반응으로 탄생하는 것이라 알려져 있었다.

프리즘 파우더만 없으면 인간이 마석수로 변할 일은 없으리라 생각했다. 하지만 눈앞의 현실은 달랐다.

"말도 안 돼……! 프리즘 파우더를 소지하지 않은 인간까지!"

"인간을 마석수로 바꾸는 광선이라고?! 그게 가능해……?!"

"크, 큰일이야. 이 기술을 난사하기 시작하면 사람들이……!"

"크윽……! 일단 거리를 벌리고 재정비를 하죠……!"

"그건 안 돼, 라파엘! 여기까지 온 이상 끝장을 봐야 해……!"

"아. 도망갔다."

현재 유아만이 침착하게 프리즈마의 움직임을 주시하고 있었다.

라파엘 일행이 혼란에 빠진 사이, 프리즈마는 날개를 퍼덕여 일행으로부터 멀어졌다.

거대한 몸집에도 불구하고 프리즈마의 비행 속도는 엄청났다. 플라이 기어를 전속력으로 몰아도 따라잡기 힘들어 보였다.

등을 보이고 날아가던 프리즈마는 다시 방향을 선회하여 이쪽을 바라보았다.

그리고 불현듯 하늘 높이 날아오르는 프리즈마.

충분한 높이에 도달한 프리즈마는 체중을 실어 급강하했고, 그 속도를 유지한 채로 땅바닥에 거대한 부리를 박아 넣었다.

콰과아아아아아아앙!

압도적인 몸집은 장식이 아니었는지 바닥에 커다란 구멍이 파였다. 그리고 그 주위로는 쩌저적 균열이 발생했다.

"뭐, 뭐지……?!"

"도대체 뭘 하려는 거야?!"

"나, 나도 모르겠어……!"

하지만 의문은 금세 풀렸다.

흙먼지가 가라앉더니 무지갯빛의 장벽이 솟아오른 것이다.

그 높이는 아르멘 마을의 외벽을 아득히 웃돌았고, 폭은 마을이 통째로 들어가고도 남을 정도였다.

이렇게 등장한 빛의 장벽은 땅바닥을 미끄러지며 라파엘 일행을 향해 나아갔다. 굉장히 빠른 속도였다.

"고도를 올리세요! 피해야 합니다!"

"그래! 충분히 피할 수 있어!"

"걱정 마, 다들! 침착하게 피하면 돼!"

하지만 라파엘 일행의 격려에도 불구하고 미처 빛의 장벽을 피하지 못한 자들이 존재했다.

"""으아아아아아아악!"""

우드득! 우드득!

그렇게 그들은 인간형 마석수로 변하고 말았다.

"""……?!"""

장벽은 방금 프리즈마가 입으로 발사했던 광선과 동일한 효과를 지니고 있었다.

이윽고 라파엘 일행의 발밑으로 거대한 빛의 장벽이 지나가는 모습이 보였다.

중간에 자라나 있는 나무와 바위를 쓰러트리지도 않았다. 아무 일도 없었다는 듯이 통과해 버렸다.

즉, 장애물은 무의미하다는 뜻이었다.

막아낼 방법이 없는 무형의 장벽이 아르멘 마을을 집어삼키려 하는 것이다.

""아아아……. ""

라파엘과 에리스, 리플의 표정이 싸늘하게 얼어붙었다.

무슨 일이 벌어질지 예상이 갔기 때문이었다.

마을에서는 아직도 수많은 기사가 교전 중이었다.

숫자만 따지자면 플라이 기어를 타고 나온 병력보다 아르멘 마을에 잔류해 있는 병력 쪽이 훨씬 더 많았다.

그 수많은 병력들이 장벽에 삼켜져 마석수로 변해버릴 위기에 처한 것이다.

이미 피할 방법이 없었다.

"이, 이럴 수가……."

"아, 안 돼……! 누가 현실이 아니라고 말해줘……!"

"머, 멈춰! 제발 멈춰어어어어어!"

두두두두두두두두두……!

어디선가 땅울림이 들려왔지만 아무도 그 소리에 신경 쓸 여유가 없었다.

눈앞에서 벌어지는 압도적이고도 절망적인 광경에 마음이 꺾

여버리고 만 것이다.

빛의 장벽이 하늘 높이 날아가 버리기 전까지는.

""어?!""

말 그대로였다.

빛의 장벽이 하늘로 솟구친 것이다. 그 아래의 지반과 함께.

쿠구구구구구구구구구구구구구궁!

한 박자 늦게 어마어마한 굉음이 찾아왔다.

굉음과 함께 불어닥친 폭풍이 플라이 기어를 크게 흔들었다.

아르멘 마을의 전방에는 길쭉한 구덩이가 만들어져 있었다.

바닥을 따라서 전진하던 무지갯빛의 장벽도 바닥째로 날아가 버렸다.

장벽은 하늘에 떠 있는 일행들을 지나쳐 훨씬 더 높은 곳으로 자취를 감추었다.

"충격파가……! 비, 빗나간 건가……?!"

"엄청난 진동이야……! 무, 무슨 일이 일어난 거지……?!"

"모, 모르겠어……! 그래도 마을은 무사한 것 같아!"

라파엘 일행이 날아간 장벽과 아르멘 마을에 정신이 팔린 사이.

"저쪽."

유아가 손가락으로 한쪽을 가리켰다.

콰아아아아아아아아앙!

하지만 일행이 고개를 돌리기도 전에 고막을 두드리는 듯한 굉음이 들려왔다.

"""……!"""

캬오오오오오오오오!

그 직후, 어째서인지 프리즈마가 비명을 내지르며 한참을 튕겨 날아갔다. 프리즈마의 거대한 몸뚱이가 두 번, 세 번 바닥을 구르며 무지막지한 크기의 자국을 만들었다.

"뭐지?!"

"프리즈마가!"

"날아가 버렸어……?!"

그리고 프리즈마가 날고 있던 장소에는…….

"아. 왕가슴 후배다."

절세의 미소녀가 바람에 머리카락을 휘날리고 있었다.

본인의 키만 한 대검을 휘두른 자세로.

"……크리스?!"

"늦지 않았구나……!"

"잉그리스……! 잘했어, 정말 잘했어!"

"다, 다행이다……. 방금 공격이 마을에 도달했으면 우리 편은 전멸했을 거예요."

"이만큼 듬직한 원군이 또 없군요……! 잉그리스는 프리즈마를 격파한 실적이 있으니까요!"

모두가 주목하는 가운데, 잉그리스는 두 눈을 초롱초롱 빛내고 있었다.

"훌륭해……. 역시 완전체 프리즈마야……!"

방금 일격으로 프리즈마는 멀찌감치 날아가 버렸다.

하지만 그뿐이었다. 큰 효과는 없었다.

잉그리스는 에테르 셸을 발동시킨 상태로 용린검까지 휘둘렀다.

용린검에 에테르를 깃들게 했으므로 이미 평범한 물리 공격이 아니었다. 마석수에게도 충분히 통하는 공격이었다.

실제로 에테르가 깃든 용린검의 위력은 무시무시했다. 예전에 잉그리스가 격파했던 미성숙한 프리즈마라면 일도양단도 가능했을 것이다.

신룡 후페일베인조차 이 검에 베여서 큰 피해를 입었다.

즉, 프리즈마의 신체 내구도는 신룡 후페일베인을 능가한다는 뜻이었다. 방금 공격으로 증명된 사실이었다.

잉그리스가 어릴 적부터 목표로 삼아왔던 존재, 프리즈마. 이 세상을 위협하는 최강의 마석수.

심지어 흑가면이나 후페일베인, 기신룡으로 변한 이벨처럼 잉그리스와의 전투를 피하려 하지도 않았다. 철저한 적대 관계였다.

잉그리스 유크스로서 여태껏 쌓아온 모든 수행의 성과를 시험해 볼 기회였다.

달리 표현하면, 시험해 볼만한 상대가 지금 눈앞에 있었다!

보아하니 라파엘은 아직 무사했고, 아르멘 마을도 커다란 피해는 입지 않았다.

다행히 늦지는 않은 모양이었다.

그렇다면 지금부터는 그토록 고대하던 프리즈마와의 일대일 시간이다.

"고맙습니다. 아르멘 마을에서 처음 마주한 이후로 부활한 당신과 싸울 날만을 손꼽아 기다렸어요. 우후후후후……."

잉그리스는 멀리 날아간 프리즈마를 향해 만면에 미소를 지어 보였다.

바로 그때, 한 대의 플라이 기어가 지상으로 내려왔다.

라피니아가 조종하는 스타 프린세스호였다.

"크리스~! 다들 무사해?!"

"응, 라니. 아슬아슬하게 도착한 거 같아. 봐, 저쪽에 라파 오라버니도 있어. 무사해 보이네."

잉그리스는 하늘에 떠 있는 라파엘을 손가락으로 가리켰다.

"다행이다!"

"그러게. 중간에 왕도에 들르느라 하마터면 늦을 뻔했어. 그래도, 후후후……. 이제부터 마음껏 날뛸 수 있겠어……!"

"이, 이번만큼은 허락해 줄게. 하지만 그 전에 할 일이 있잖아! 어서 타!"

"알았어. 싸우는 도중에 방해를 받으면 곤란하니까."

"그게 아니지! 사람들을 피난시키러 가는 거잖아!"

라피니아의 말대로 스타 프린세스호에 올라타는 잉그리스.

"크리스! 라니!"

그런데 그때, 두 사람을 발견한 라파엘이 밑으로 내려왔다.

"앗……! 라파 오라버니!"

라피니아는 헐레벌떡 라파엘의 품으로 뛰어들었다.

대신에 목마를 타고 있던 유아가 떨어져 버리고 말았지만, 잉그리스가 받아서 스타 프린세스호에 태워주었다.

"우왓……! 라니……?!"

"다행이다. 다시 만났어……! 정말 다행이다!"

"……미안해, 라니. 걱정을 끼쳤구나……."

"훌쩍……! 누가 아니래! 얼마나 얼마나 걱정했는데! 밥이 목구멍으로 넘어가지 않을 정도였다구!"

늘 씩씩하게 굴려고 하는 라피니아지만 라파엘을 만나자 마음이 약해진 모양이었다.

역시 순수하고 정이 많은 아이였다. 그리고 아직 미숙했다.

하지만 잉그리스는 그런 라피니아가 귀엽기만 할 따름이었다.

이것을 철부지 같은 행동이 아니라 흐뭇한 추억으로 만드는 것이 잉그리스가 할 일이었다.

굳이 딴지를 걸자면 밥이 목구멍으로 넘어가지 않았다는 말은 거짓말에 가까웠지만.

"잉그리스! 기다리고 있었어!"

"방금 프리즈마의 공격을 막아준 거도 너였구나……! 정말 잘했어!"

"내 말이! 도대체 어떻게 한 거야?"

에리스와 리플이 잉그리스에게 다가와 물었다.

"딱히 대단한 짓은 안 했어요. 그 장벽, 상당히 위험해 보이는 공격이었지만 다행히 바닥을 타고 이동하더라고요. 그래서 지면을 도려내 방향을 틀어버렸죠."

잉그리스가 용린검을 툭 두드리며 말했다.

에테르로 무지갯빛의 장벽을 상쇄시키는 것보다는 지면을 물리적으로 파내는 편이 훨씬 쉽고 효율적이었다.

그래서 잉그리스는 용린검을 지면에 찔러 넣은 채로 장벽의 앞쪽을 가로질렀다. 그렇게 도려낸 바닥을 힘껏 쳐올려 장벽을 하늘 높이 날려버린 것이다.

여기서 멈추지 않고 프리즈마에게도 용린검을 휘둘러 보았지만, 베이지 않고 날아가서 그 내구력에 감탄하고 있던 참이었다.

"그렇구나. 뭐, 그것만으로도 대단하지만……."
"맞아. 그 한순간에 바닥을 저만큼이나 도려냈는걸."
에리스와 리플은 무지막지한 크기의 흙구덩이를 어이가 없다는 듯이 쳐다보고 있었다.
길이만 따지면 아르멘 마을보다도 거대했다.
"그나저나 늦어서 죄송합니다. 오래 기다리셨죠."
잉그리스는 조신하게 웃으며 두 사람에게 고개를 숙였다.
"그리고 고맙습니다. 이렇게 멋진 사냥감을 남겨 주셔서. 후후훗."
"……아하하. 웃음에 생기가 넘치네……."
"사, 상황이 상황이니 딱히 설교할 생각은 없어……. 그런데 그 차림은 뭐야?"
"아, 이거요. 어디까지나 이번 사태의 해결을 위한 임시 조치이기는 합니다만, 국왕 폐하께서 저와 라니를 근위기사단장으로 임명해 주셨어요. 이 차림이 그 증거죠. 카랄리아의 문화와 전통에 의거한 의상이라고 하더군요. 뭐, 근위기사단장 대행 수석은 라니가 맡았고, 저는 차석이지만요."
""뭐……?! 근위기사단장?!""
"네. 국왕 폐하께서 직접 프리즈마를 격퇴하라고 명령을 내리셨어요."
"라파 오라버니도 한번 봐봐!"
라피니아는 스타 프린세스호에 올라타더니, 외투의 문장이 보이도록 잉그리스와 함께 등을 돌렸다.

"화, 확실해……! 저 문장은 국왕 폐하의 명령 없이는 새기지 못해."

"지, 진짜네. 잉그리스더러 마음껏 날뛰고 오라는 건가……?"

"그럴 거야. 국왕은 절대로 안목이 없는 인물이 아니거든……. 우리와 비슷한 생각을 한 게 분명해."

"자, 국왕 폐하의 명령은 절대적이에요. 죄송하지만 이곳에 계신 분들은 저희가 준비한 비장의 작전에 따라서 행동해 주셔야겠어요."

잉그리스가 검지를 치켜세우며 부드럽게 미소 지었다.

"비장의 작전? 크리스, 라니. 대체 뭘 하려고? 협력해 주는 건 고맙지만 너희가 목숨을 걸면서까지 무리할 필요는 없어. 그럴 바에는 내가…… 읍?!"

불현듯 에리스와 리플이 라파엘의 입을 틀어막았다.

"자자, 라파엘. 국왕 폐하의 명령은 절대적이라잖아."

"맞아. 꾸물거릴 여유는 없으니 잠자코 따르자……!"

"고맙습니다. 그럼!"

에리스와 리플이 고개를 끄덕이는 모습을 확인한 뒤, 잉그리스는 플라이 기어를 타고 상공으로 날아올랐다.

그리고 늠름한 목소리로 외쳤다.

"프리즈마를 토벌하고자 모인 용감한 기사들이여! 저희는 레더스 에이렌 전 근위기사단장의 유지를 이어받아 이곳에 왔습니다!

국왕 폐하께서는 저희에게 프리즈마를 격퇴하라는 명을 내리셨습니다! 국왕 폐하의 명령은 절대적이므로 저희 작전에 따라주실 것을 부탁드립니다!"

잉그리스는 방금 라피니아가 그랬던 것처럼 외투의 문장을 기사들에게 과시해 보였다.

"근위기사단장?! 국왕 폐하의 두터운 신뢰를 받는 레더스 님을 제치고 단장이 됐다는 건가……?!"

"하, 하지만 저 문장은 진짜야! 복장도 에리스 님과 리플 님하고 비슷한걸. 혹시 새롭게 부임한 하이랄 메나스인가……?"

"그럴지도 몰라! 저 아름다운 용모를 봐! 게다가 프리즈마를 날려버릴 정도의 힘까지……!"

"오오! 역시 국왕 폐하셔! 이번 일을 예상하고 새로운 하이랄 메나스를 파견하신 거로군!"

성기사단의 기사들은 평소에 에리스와 리플을 자주 접하기 때문일까. 다들 잉그리스를 하이랄 메나스로 오해하고 알아서 납득하는 눈치였다.

이것도 에리스와 리플이 쌓아 올린 신뢰 덕분이었다.

어쩌면 칼리아스 국왕이 단장복을 준비한 데는 이러한 의도가 숨겨져 있었던 것일지도 몰랐다.

좌우간 한시를 다투는 상황이다 보니 쓸데없는 반발을 사는 것보다는 백 배 나았다.

"소개가 늦었군요. 저는 잉그리스 유크스라고 합니다. 근위기사단장 대행 차석을 맡고 있습니다. 수석은 이쪽에 있는…….”

“라피니아 빌포드입니다! 저 같은 풋내기가 갑자기 끼어들어서 죄송합니다! 하지만 가능한 한 많은 사람이 무사히 귀환하기 위한 조치예요! 저희의 지시에 따라주세요!”

잉그리스와 라피니아가 나란히 머리를 숙여 보였다.

“라피니아 빌포드……?!”

“오오, 그렇다면 라파엘 님의…….”

“여동생인가! 확실히 비슷하게 생기셨어……!”

라파엘의 여동생인 라피니아는 성기사들로서도 받아들이기 쉬운 존재였다. 라파엘의 평소 행실이 이곳에서 빛을 발한 것이다.

“들었지! 이 애들이 말했듯이 국왕의 명령은 절대적이야! 지시에 따라줘……!”

“우리도 부탁할게!”

에리스와 리플까지 다가와 힘을 보태 주었다.

““알겠습니다! 라피니아 님! 잉그리스 님! 지시를 내려 주십시오!””

걱정이 무색하게도 기사들의 대답은 확고했다.

잉그리스는 고개를 끄덕인 뒤 말했다.

“알겠습니다! 그러면 근위기사단장 대행 수석의 지시를 전달하겠습니다……! 전군은 지금 당장 아르멘 마을의 지하 갱도로 퇴각할 것! 성기사단과 플라이 기어 부대는 퇴각하는 군대를 엄호하고, 퇴각한 이후에는 갱도 내부로 침입하는 마석수를 격퇴하라!”

즉, 요약하면 다음과 같았다. 도망쳐라. 숨어라. 적이 추격해 오면 쓰러트려라.

이곳에는 프리즈마 이외에도 아직 수많은 마석수가 우글거리고 있었다. 전군을 지하 갱도로 퇴각시켜도 마석수는 가차 없이 습격해 올 터였다.

그래서 퇴각하는 군대에 피해가 없도록 성기사단의 협력을 받을 생각이었다.

"다, 다시 말해서 도망치라는 말씀이신가?"

"우리가 쓸모없다고 판단해서 이런 결정을……?!"

"하, 하지만 우리가 마석수로 변해버리면 걸림돌이 되는 것도 사실이야……."

바닥을 보며 입술을 깨무는 기사들.

"그런 뜻이 아니에요."

잉그리스는 그런 기사들에게 온화한 미소를 지어 보였다.

그랬다. 그런 뜻이 아니었다. 쓸모없거나, 걸림돌이라서 퇴각시키는 것이 아니었다.

단순히 잉그리스가 프리즈마와 일대일로 싸우고 싶기 때문이었다. 다른 사람이 개입하는 것이 싫었다.

정말로 그 이유가 전부였지만, 굳이 솔직하게 설명할 필요는 없을 것이다.

"하지만 잉그리스 님……! 전군을 퇴각시키면 프리즈마는 어떻게 쓰러트릴 생각이신지!"

기사 중 하나가 묻자 잉그리스는 고개를 끄덕였다.
"예. 그러면 작전을 마저 전달하겠습니다. 잉그리스 유크스는 프리즈마에게 돌격하여 광역 공격을 봉인한다! 봉인에 성공하면 전군을 동원해 총공격을 감행할 예정이다! 이상입니다."
"오오! 즉, 방금 기술을 봉인할 방법이 있다는 것이군요……!"
"그때까지 힘을 온존하라는 뜻이셨군……!"
"과연! 총공격을 하기 전까지는 피해를 최대한 줄이는 게 맞지……!"
기사들은 손뼉을 치며 잉그리스의 설명에 수긍했다.
잉그리스도 딱히 거짓말을 하지는 않았다.
프리즈마의 공격을 봉인할 방법은 분명히 존재했다.
쓰러트리면 되는 것이다. 쓰러트리면 두 번 다시 그 공격은 사용하지 못할 것이다.
그리고 총공격은 어디까지나 '예정'일 뿐이었다. 예정이 틀어지더라도 거짓말이 되지는 않는다.
기사들이 납득시키려면 그럴듯한 이유를 제시하는 것이 중요했다.
잉그리스로서도 아군이 피신해 줘야 거리낌 없이 싸울 수 있었다.
사람들이 마구 죽어 나가면 싸움을 즐길 수가 없었다. 어떠한 방해도 없는 상태로 일대일. 그것이 가장 이상적인 형태였다.
"이곳에 계신 정예 분들은 마을에 남아있는 병력을 데리고 퇴각해 주세요!"

여기까지 설명한 잉그리스는 라피니아에게 귓속말을 했다.

"라니."

"어? 왜?"

"마지막으로 기사단장 수석으로서 한마디 해 줘. 모두가 기운을 낼 수 있도록."

"아, 알겠어……!"

라피니아는 심호흡한 다음 큰 소리로 외쳤다.

"저는 치유 능력을 사용할 수 있습니다! 부상자는 제가 있는 곳으로 모여 주세요! 프리즈마와 저 수많은 마석수들이 무서운 것은 사실이에요! 하지만 모두 아시다시피 우리들의 등 뒤에는 지켜야 할 사람들이 있습니다! 소중한 사람들을 지키고 그 사람들이 있는 곳으로 돌아갑시다! 다 함께요!"

현재 아르멘 마을에 모여있는 병력이 카랄리아가 보유한 최대 규모의 군대였다.

이곳을 돌파당하면 끝이었다. 배수의 진. 라피니아의 말에는 그러한 의미가 담겨 있었다.

"""오오오오오오오!"""

라피니아가 주먹을 높이 치켜들자 기사들도 커다란 함성을 내질렀다.

"오오, 괜찮은데. 역시 라니야."

"그, 그런가? 딱히 대단한 말은 하지 않았는데……."

라피니아는 다소 놀란 눈치였다.
"별거 아닌 말이라도 누가 했는지가 중요하거든."
순수하고 꾸밈없는 라피니아의 말이기에 사람들의 마음을 울린 것이다.
잉그리스가 똑같은 말을 했더라도 라피니아처럼 설득력을 갖지는 못했으리라.
왜냐하면 잉그리스는 내심 프리즈마와의 전투를 기뻐하고 있기 때문이었다.
라파엘과 에리스, 리플도 마찬가지였다.
아무래도 성기사와 하이랄 메나스는 프리즈마라는 위협 앞에서 비장한 각오를 느낄 수밖에 없었다.
그것이 어떤 형태로든 목소리에 드러나 버리고 말 것이다.
따라서 이들도 라피니아처럼 기사들을 격려해 주기는 어려웠다.
"내, 내가 무책임한 소리를 해버린 건 아닐까……?"
"걱정 마. 그걸 현실로 만드는 게 내 일이니까."
잉그리스는 라피니아의 머리를 쓰다듬은 뒤 기사들에게 외쳤다.
"그러면 곧바로 작전을 실행하겠습니다! 전원 산개!"
""알겠습니다!""
기사들은 진로를 바꿔 아르멘 마을로 되돌아가기 시작했다.
"교장 선생님! 실바 선배! 두 분도 퇴각하는 군대의 엄호를 맡아 주세요!"
잉그리스가 부탁하자 두 사람은 고개를 끄덕였다.

"아, 알겠어요!"
"도움이 필요하면 바로 불러줘!"
밀리에라와 실바도 잉그리스의 방침에 납득해 준 모양이었다.
"그러면 저도 작전대로 프리즈마를 저지하러 가겠……!"
"자, 잠깐 기다려!"
"맞아! 일단은 멈춰 봐!"
에리스와 리플이 뛰쳐나가려는 잉그리스의 팔을 붙잡았다.
"왜 그러세요?"
"왜고 자시고! 작전의 절반은 찬성이야. 하지만……!"
"나도. 방금 공격이 적중했다면 단숨에 전멸했을 거야. 아니, 다들 마석수로 변해버렸겠지. 그러니 전군을 피난시킨다는 결정은 옳았다고 생각해……."
"하지만 아무리 그래도 크리스 혼자서 프리즈마와 싸우게 할 수는 없어. 너무 위험해! 우리도 함께 싸우겠어!"
라파엘도 잉그리스의 앞을 가로막으며 말했다.
"맞아! 우리가 네게 의지하는 건 사실이지만 소모품으로 삼을 생각은 추호도 없어!"
"너를 이곳으로 부른 책임을 질 거야!"
잉그리스는 조용히 고개를 가로저었다.
"아뇨. 라파 오라버니, 에리스 씨, 리플 씨. 성기사와 하이랄 메나스는 최후의 희망이잖아요. 비장의 수단이 사라지면 모든 게 끝이니 마지막까지 힘을 온존하셔야죠. 저 프리즈마의 공격을 정통으로 맞는다면 하이랄 메나스라도 무사하지는 못할 거예요.”
“그, 그건…….”
“그렇지만…….”
“반대로 진정한 힘을 발휘하셔도 곤란해요. 저는 단순히 프리즈마와 싸우기 위해서만이 아니라 누군가의 희생을 저지하기 위해서 이곳에 있는 거예요. 라파 오라버니가 목숨을 잃지 않게 해달라고 라니에게 부탁받았거든요. 물론 저도 그걸 바라고 있고요.”
“크리스……?! 다 알고서 이곳에…….”
“죄송해요. 라니한테도 전부 털어놨어요. 행동 방침을 정하려면 정확한 정보가 필요했거든요.”
“오라버니……. 미안해. 나, 아무것도 모르고 있었어.”
라피니아가 울음을 터트릴 것 같은 얼굴로 말했다.
“괜찮아, 라니. 어디까지나 내가 원해서 한 일이니까…….”
“그래도 국왕 폐하의 명령은 절대적이야. 그러니까 지금은 크리스의 말대로 해줘! 나는 크리스를 믿고 있어! 크리스가 쓰러트리겠다고 말하면 쓰러트리는 거야! 라파 오라버니는 군대의 퇴각을 도와서 아군의 피해를 줄여줘! 그게 최선이야!”
“라니……!”
“이런 말을 하기는 뭐하지만……. 라파 오라버니가 엄호를 맡아주시면 저로서도 안심이에요. 라파 오라버니도 의외로 무모한 구석이 있으니까요. 예전에 유미르가 마석수에게 습격당했을 때, 저희 어머니의 제지를 듣지 않고 뛰쳐나가신 적도 있고 말이죠…….”

"크리스…… 용케도 그렇게 옛날 일을 기억하고 있구나?"

라파엘의 지적에 잉그리스는 아차 싶었다.

그 당시 잉그리스는 0살짜리 갓난아기였다.

"그, 그렇죠. 나중에 어머니께서 말씀해 주셨거든요……! 어쨌든, 여기는 저한테 맡기고 후방을 담당해 주셨으면 해요."

"알겠어, 크리스. ……하지만 솔직히 말해서 네가 위험해지면 잠자코 지켜볼 자신이 없어. 네가 나 대신 희생된다니. 분명 견디지 못할 거야."

"고맙습니다, 라파 오라버니. 그렇지만 걱정하실 거 없어요. 이길 거니까요."

캬오오오오오오오!

바로 그때, 튕겨 날아갔던 프리즈마가 다시 모습을 드러냈다.

기분 탓인지 프리즈마의 울음소리에는 분노가 담겨 있는 듯했다.

"왔군요! 그러면 정정당당하게 싸우고 오겠습니다!"

잉그리스는 화려한 동작으로 스타 프린세스호에서 뛰어내려 프리즈마를 향해 내달렸다.

그러자 에리스가 잉그리스의 등에 대고 외쳤다.

"저 프리즈마는 프리즈마 중에서도 특이한 개체야! 학습 능력이 극단적으로 높거든! 똑같은 공격을 반복하면 내성이 생기는 걸 넘어서 흡수해 버려! 잘 생각하면서 싸우도록 해!"

“알겠습니다! 충고 감사드려요!”
잉그리스는 에리스를 돌아보며 귀여운 미소로 화답했다.
웃는 얼굴 그대로 프리즈마를 향해 달려가는 잉그리스.
프리즈마 역시도 명확한 경계심을 드러냈다.
캬오오오오!
한 차례 울부짖은 프리즈마는 주위를 무지갯빛의 장벽으로 잉그리스를 격리하기 시작했다. 장벽이라기보다는 감옥에 가까웠다.
“놓치지 않겠다는 건가요. 저도 바라던 바예요.”
이쪽에 집중해 준다면 굳이 프리즈마를 멀리 날려버리지 않아도 된다.
다른 사람에게 방해받을 우려도 없고, 아군이 공격에 휘말릴 일도 없었다.
프리즈마의 배려에 감사하며 싸움에 전념하기로 했다.
“에테르 피어스!”
잉그리스는 프리즈마가 아니라 무지갯빛의 감옥을 향해서 에테르 피어스를 날렸다.
그러자 에테르 피어스는 벽에 맞고 반사되어 바닥에 처박혔다.
반면에 무지갯빛 감옥에는 흠집도 나지 않았다.
상상 이상으로 단단했다.
견제용이기는 해도 에테르를 사용한 기술이건만.
다만, 공격을 튕겨냈을 뿐 공격성은 찾아볼 수 없었다.

즉, 발판으로는 이용할 수 있다는 뜻이었다.

“그렇다면!”

잉그리스는 등에 매고 있던 용린검을 비스듬히 거머쥐고 프리즈마에게 돌진했다.

프리즈마도 잉그리스의 공격을 저지하기 위해서 자세를 잡았다.

바로 그 순간, 잉그리스는 에테르 셸을 발동시켜 도약했다.

방향은 프리즈마의 오른쪽 사각.

워낙 강하게 도약해서 반대쪽 벽에 충돌한 위기에 처했지만, 오히려 잘됐다.

벽을 발판으로 사용할 수 있다는 것은 확인을 마쳤다.

잉그리스는 몸을 반전시켜 벽을 디뎠다. 그리고 다시 위쪽으로 도약했다.

덕분에 잉그리스는 무시무시한 속도로 프리즈마의 머리 위쪽에 도달할 수 있었다.

프리즈마는 아직 오른쪽의 바닥을 내려다보고 있었다.

벽의 반사를 이용한 탓일까. 잉그리스의 움직임은 프리즈마의 반응 속도를 웃돌고 있었다.

이 반응 속도를 살려서 선제공격에 나설 생각이었다.

잉그리스는 다시 한번 벽을 박차고 아래쪽의 프리즈마에게로 돌진했다.

용린검을 치켜들며 에테르 셸을 해제.

잉그리스가 공격하는 순간 에테르를 해제한 이유는 프리즈마가 내성을 갖추지 못하게 하기 위함이었다.

사실, 급박한 전투에 맞춰서 에테르 셀을 자유자재로 해제하고 발동시키기란 쉽지 않았다. 이것도 잉그리스가 성장했다는 증거였다.

잉그리스는 에테르를 마나로 변환시켰다.

"얼어라!"

쩌저적!

용린검의 도신이 차가운 얼음으로 뒤덮였다.

잉그리스가 곧잘 사용하던 얼음의 검을 응용한 기술이었다.

다만 용린검의 표면을 얼릴 뿐이었기에 난이도는 이쪽이 훨씬 쉬웠다.

"하아아아압!"

프리즈마의 목을 노리고 용린검을 휘두르는 잉그리스.

콰앙!

단단한 감촉. 용린검이 튕겨나는 것이 느껴졌다.

그 결과, 프리즈마의 표피에는 긁힌 상처밖에 나지 않았다.

하지만 이 정도면 충분했다. 굳이 깊은 상처를 낼 필요가 없는 공격이었다.

바닥에 착지한 잉그리스는 날을 위쪽으로 세워 상처를 입혔던 부분을 다시 베어 들어갔다.

이번에도 긁힌 상처가 났지만, 깊이가 처음의 절반 정도였다.

캬오오오!

그때, 잉그리스의 움직임에 반응한 프리즈마가 날카로운 부리를 내리찍었다.

하지만 잉그리스는 에테르 셸을 발동시킨 다음 몸을 비틀어 회피했다.

프리즈마의 부리가 목표물을 잃고 땅바닥에 박혔다.

한편, 잉그리스는 이미 몸을 회전시키며 검을 내리칠 준비를 마친 상태였다.

이어서 에테르 셸을 해제.

밑으로 내려온 프리즈마의 목덜미에 얼어붙은 용린검이 내리꽂혔다.

하지만 이번에는 전혀 상처가 나지 않았다.

에리스의 말대로 똑같은 공격을 반복하면 할수록 내성이 생기는 듯했다.

뒤이어 잉그리스는 용린검을 횡으로 휘둘렀다.

그러자 이번에는 상처를 입기는커녕 희미하게 남아있던 첫 번째, 두 번째 상처가 완벽하게 복구되어 버렸다.

"과연……!"

두 번째 공격은 절반의 피해를 입었고, 세 번째 공격은 무효화했으며, 네 번째 공격은 흡수해 버렸다.

확실히 대단한 학습 능력이었다.

"하지만…… 아직입니다!"

전력을 다한 상대방과 싸워 승리하는 것이 잉그리스 유크스의 방식이다.

이 프리즈마의 학습 능력을 체감해 보고 싶었다.

그래서 굳이 선제공격을 감행했다.

"이번에는 화염!"

화르르륵!

잉그리스의 용린검이 불꽃에 휩싸였다.

화염의 검을 직접 소환하는 것은 아직 무리였지만 지금처럼 물체에 화염을 두르는 것은 가능했다.

이런 식으로 최대한 많은 속성을 시험해 볼 생각이었다. 그리고 마지막에는 맨 처음 사용했던 얼음으로 되돌려 다시 공격할 예정이었다.

프리즈마의 내성에 한계가 있는지 알아보고 싶었다. 어쩌면 다시 얼음을 이용한 공격이 통하게 될지도 몰랐다.

또한, 프리즈마의 내성이 시간이 지나면 원래대로 돌아오는지도 확인해 보고 싶었다.

그렇게 시간을 벌다 보면 사람들도 무사히 피난을 마칠 수 있을 것이다.

"이것도 막아 보시죠!"

잉그리스는 프리즈마의 공격을 회피하며 화염을 두른 검을 휘둘렀다.

무지갯빛 감옥을 발판으로 삼아서 다양한 각도로 뛰어다니는 잉그리스.

짜증을 느낀 프리즈마는 잉그리스를 후려쳐 떨어트리려 했지만, 번번이 실패하고 말았다.

한편, 바깥에서 피난 중이던 기사들은 그 장면을 바라보며 용기를 얻었다.

"뭐, 뭐지, 저 움직임은?! 빨라……! 어떻게 저런 스피드가?!"

"저, 저게 잉그리스 님이라고……?! 너무 빨라서 보이질 않아!"

기사들의 눈에 비치는 것은 보이지 않는 속도로 움직이는 무언가가 프리즈마를 집요하게 괴롭히는 광경뿐이었다.

"훌륭해! 저 프리즈마가 당황하고 있어……!"

"이대로라면 정말로 물리칠 수 있을지도 몰라! 좋아, 우리도 힘내자!"

하지만 이런 상황에 답답함을 느낀 것일까.

갸아오오오오오!

프리즈마가 더욱 흉포하게 울부짖었다.

그러고는 날개를 크게 펼쳐 무시무시한 폭풍을 일으켰다.

"윽……!"

잉그리스는 용린검을 방패 삼아서 가볍게 도약했다.

폭풍에 저항하는 대신 풍압을 이용하여 프리즈마로부터 거리를 벌린 것이다.

무거운 용린검을 들고 있음에도 잉그리스의 몸은 한참 뒤로 떠밀려 날아갔다.

그 정도로 강력한 폭풍이었다.

하지만 이마저도 프리즈마가 의도한 행동의 부산물에 지나지 않았다.

폭풍으로 인하여 흙먼지가 피어오르더니, 흙먼지 너머에서 밝은 빛이 넘실거렸다.

지금은 한밤중임에도 주변이 대낮처럼 밝아졌다.

"오오……?"

흙먼지가 걷히자 그 정체가 일목요연해졌다.

프리즈마가 흩뿌린 무수한 깃털이 허공을 수놓고 있었다.

깃털은 프리즈마 본체보다도 훨씬 더 밝게 빛나고 있었다.

수천 개의 무지갯빛 깃털이 흩날리는 광경은 굉장히 아름다웠다.

환상적이라고 말해도 과언이 아니었다. 적어도 겉보기에는.

"여성의 환심을 사기 위해서는 아니겠죠? 제 환심을 사려면 힘을 보여주세요!"

대답을 대신하듯 무수한 깃털들이 잉그리스에게 쏟아져 내리기 시작했다.

압도적인 물량으로 움직임을 차단하겠다는 프리즈마의 의도가 느껴졌다.

"훌륭한 공격이에요! 그렇다면!"

잉그리스는 검을 움켜쥐며 에테르 셸을 발동시켰다.

본체를 공격하는 것이 아니라 깃털들을 쳐내는 것뿐이라면 에테르를 사용해도 문제가 없을 것이다.

잉그리스의 손에서 흘러나온 에테르가 용린검에 깃들었다.
곧바로 쏟아지는 무지갯빛 깃털들을 향해 용린검을 휘두르는 잉그리스.
부우우우웅!
파공음과 함께 용린검의 공격 범위에 있던 깃털들이 소멸했다.
하지만 그 숫자는 고작해야 7, 8개 정도.
계란으로 바위 치기 수준이었다. 반면에 눈앞에서는 지금도 압도적인 수의 깃털들이 들이닥치고 있었다.
"하아아아앗!"
잉그리스는 연속으로 용린검을 휘둘러 자신을 노리고 날아오는 무지갯빛 깃털들을 베어버리기 시작했다.
깃털 세례와 대검 난무의 격돌이었다.
콰과과과과과과과과!
엄청난 속도로 휘둘러진 잉그리스의 용린검이 보이지 않는 막을 형성했다.
하지만 프리즈마의 빛발치는 깃털들을 완벽하게 막아내기에는 역부족이었다.
몇 개의 깃털이 검막을 뚫고 들어와 잉그리스를 상처 입혔다.
"크윽……!"
허벅지에서 따끔한 고통이 느껴졌다.
아래쪽을 흘끔 쳐다보니 살갗이 찢어져 피가 흘러나오고 있는 것이 보였다.

상처 자체는 대단하지 않았다.
문제는 에테르 셸을 뚫었다는 점이다.
에테르를 두른 잉그리스의 몸은 어지간한 갑옷이나 용의 비늘보다도 단단했다.
"후후후. 만약 정통으로 맞는다면 목숨을 부지하긴 어렵겠네요……!"
하지만 오히려 좋았다.
위험한 싸움이기에 피가 끓어오르고 가슴이 뛰는 것이다.
이 싸움이 잉그리스를 더욱 높은 경지로 이끌어 줄 것이다.
이러는 동안에도 검막을 뚫고 들어오는 깃털의 수는 시시각각 늘어나고 있었다.
조금씩이지만 밀리기 시작했다. 인정할 수밖에 없었다.
"그렇다면……! 드래곤 로어!"
잉그리스는 또 하나의 힘을 발현시켰다.
하지만 잉그리스의 주변에 나타난 것은 이전과 같은 반투명한 꼬리가 아니었다. 용린검과, 용린검을 움켜쥔 잉그리스의 두 팔이었다.
"오오, 됐다!"
잉그리스가 전보다 드래곤 로어를 능숙하게 다루게 되었다는 증거였다.
아마도 로슈폴과의 전투 경험이 크게 작용한 듯했다.
드래곤 로어를 활용해 강력한 기술을 구사해 본 덕분에 무언가

요령을 잡은 것이다.

아르멘 마을로 향하는 도중에 스타 프린세스호에서 연습해 본 결과, 잉그리스는 드래곤 로어로 자신의 신체 일부를 재현하는 데 성공했다.

심지어 이렇게 재현한 두 팔은 기존의 팔과 동일하게 조작할 수 있었다.

"죄송하지만 이 복장도 제법 마음에 들었거든요!"

그러므로 더 이상 옷이 상하게 할 수는 없었다.

집으로 가지고 돌아가서 생각날 때마다 입어보고 싶었다.

이윽고 드래곤 로어로 만들어낸 검과 팔이 활동을 개시했다.

덕분에 프리즈마의 깃털도 더 이상 검막을 뚫고 들어오지 못했다.

프리즈마도 이 사실을 알아챘는지 다른 행동에 나섰다.

갸아오오오오오!

땅을 박차고 날아올라 빛의 감옥의 천장까지 올라간 것이다. 여기서 끝이 아니었다. 프리즈마의 전신이 눈 부신 빛으로 뒤덮이기 시작했다.

프리즈마 자체가 하나의 거대한 광탄으로 변한 것이다.

잉그리스가 깃털들을 막아내는 동안에 돌진해서 단숨에 끝장을 내려는 속셈이리라.

프리즈마가 숨통을 끊을 작정으로 구사한 기술이다. 파괴력이 상상도 되지 않았다. 제대로 맞았다간 위험했다.

거대한 광탄으로 변한 프리즈마가 잉그리스를 향해 급강하했다.
"빨라……!"
프리즈마의 거대한 몸집을 감안하면 믿기지 않는 속도였다.
하지만 잉그리스가 반응하지 못할 정도는 아니었다.
쏟아지는 깃털들을 피하면서 낙하 범위에서 벗어나면 이 위기를 모면할 수 있다.
빛의 감옥 덕분에 잉그리스는 다양한 각도로 움직일 수 있었다.
이 이점을 최대한 활용하면 결코 불가능한 일은 아니었다.
"아슬아슬할 때까지 끌어들인 다음……!"
하지만 잉그리스의 계획은 곧 좌초되고 말았다.
빛의 감옥이 작아졌기 때문이다.
프리즈마는 감옥을 축소시켜 잉그리스가 움직일 수 있는 공간을 빼앗아 버렸다.
머리 위에는 낙하하는 프리즈마.
물리적으로 회피할 장소가 없었다.
"후후후후…… 대단하시군요……! 기대 이상이에요!"
도주로를 차단당하고 말았다.
더는 피할 수 없다. 막아낼 수도 없었다.
궁지에 몰리고 말았다.
그렇다면 이제 남은 방법은 한 가지.
격추하는 것뿐이었다. 당하기 전에 쓰러트리는 것이다.
잉그리스는 아직 프리즈마의 저력을 확인하지 못했다.

상대방의 진정한 힘을 이끌어낸다는 목표를 달성하지 못한 상태였다.

그러나 승부를 걸지 않으면 이쪽이 당해버릴 상황에 놓였다.

과연 완전체 프리즈마.

결과가 보이지 않는 진검승부.

해보기 전까지는 모른다.

하지만 그래서 더 좋았다!

도망치는 것도 시간을 버는 것도 관두기로 했다. 잉그리스는 프리즈마를 쓰러트리기로 마음먹었다.

"그러면 저도!"

파아아앗!

용린검이 눈부시게 빛나기 시작했다.

잉그리스가 자신의 에테르를 모조리 쏟아부은 것이다.

용린검은 잉그리스가 전력을 다해도 버틸 만한 내구력을 지니고 있었다.

푸르스름한 빛은 순식간에 밝아져 주변을 환하게 비추었다.

프리즈마를 뒤덮은 빛에 뒤지지 않을 정도였다.

"아직이야……. 조금 더!"

하지만 그 정도로는 부족했다. 압도해야 했다!

잉그리스가 더욱 많은 에테르를 쥐어짜자 용린검의 빛이 한층 더 강렬해졌다.

"받아라아아아앗!"

마침내 잉그리스는 큰 걸음을 내디디며 온 힘을 다해 용린검을 휘둘렀다.

그리고 그와 동시에 용린검에 모아두었던 에테르를 해방했다.

검의 궤적을 따라서 해방된 초승달 모양의 에테르가 앞을 가로막는 무지갯빛 깃털들을 산산조각 내며 프리즈마를 향해 질주했다.

쿠구구구구구구구구!

잉그리스의 에테르와 프리즈마의 본체가 정면충돌했다.

두 힘이 팽팽하게 경합하며 빛과 소리의 향연이 펼쳐졌다.

결과는 막상막하. 그렇다면 이것은 기회였다.

잉그리스는 곧바로 땅을 박차고 뛰어올랐다.

마침 깃털들이 소멸하면서 시야가 맑아진 상태였다.

잉그리스를 막는 것은 아무것도 없었다.

순식간에 에테르와 프리즈마의 충돌 지점에 도착한 잉그리스.

드래곤 로어도 충전을 마친 상태였다.

잉그리스의 드래곤 로어는 사거리가 길지 않지만, 이 정도면 충분했다.

"……!"

힘겨루기를 이어나가던 프리즈마는 잉그리스의 접근을 눈치채고 고개를 돌렸다.

"이미 늦었어요! 하아아아아압!"

에테르 크로스로어!

용린검과 두 팔을 재현한 드래곤 로어가 충돌 지점으로 돌격했다.

콰과아아아아아아아아앙!

거대한 폭발과 섬광이 일었다.

한순간 밤하늘에 태양이 떠오른 것 같았다. 그만큼 압도적인 폭발이었다.

드래곤 로어로 인해 증폭된 에테르 덩어리는 몇 배에 달하는 파괴력을 과시하며 프리즈마를 집어삼켰다.

캬오오오오오오오!

프리즈마의 비명이 울려 퍼졌다.

한편, 폭발의 충격이 너무나도 강력했던 나머지 잉그리스도 한참을 튕겨나 버리고 말았다.

에테르 크로스로어는 빛의 감옥까지 파괴해 버렸고, 그래서 잉그리스를 받아줄 벽도 사라졌다.

하지만 결과적으로는 잘된 일이었다. 덕분에 공중에서 자세를 바로잡을 여유가 생긴 것이다.

이윽고 흙먼지를 일으키며 바닥에 착지하는 잉그리스.

"거리가 너무 가까웠어……!"

그 탓에 충격파를 고스란히 뒤집어쓰고 말았다.

깃털로 인해서 찢어져 있던 의상이 심하게 손상되고 말았다.

드래곤 로어로 신체를 구현할 수 있게 된 것은 좋지만, 공격 범위면 따진다면 후페일베인의 꼬리를 구현했을 때가 오히려 나았다.
아직도 부족한 부분이 많았다. 앞으로 개선해 나가야 했다.
"다음에 상대할 때는……."
잉그리스는 프리즈마에게 말을 건네려다가 그만두었다.
"이거 실례. 그 모습을 보아하니 다시 싸우기는 어렵겠군요."
프리즈마는 상반신이 완전히 증발해 버린 상태였다. 프리즈마의 하반신은 바닥에 널브러진 채로 미동도 하지 않았다.
아쉽기는 하지만 어쩔 수 없는 노릇이었다.
하이랜더라면 또 몰라도 이번 상대는 프리즈마다. 심지어 지상의 인간을 마석수로 만들어 버리는 광역 공격까지 가능한 개체였다.
잉그리스가 다른 완전체 프리즈마를 아는 것은 아니지만, 아마 프리즈마 중에서도 1, 2위를 다투는 개체였을 것이다.
어떠한 문헌을 뒤져봐도 지상의 인간이 마석수로 변한다는 언급은 없었다.
즉, 미지의 능력이었다.
이런 존재가 둘 이상 존재한다면 지상은 순식간에 멸망해 버릴 것이다.
제아무리 잉그리스라도 이 프리즈마를 기르겠다는 생각은 하지 못했다. 위험한 것에도 정도가 있다.
드래곤 로어와 용린검을 얻은 잉그리스조차 자칫하면 당할 뻔했다.

그리고 무엇보다, 라피니아에게 부탁을 받았다.

오라버니가 목숨을 잃지 않게 해달라고. 그 순수한 부탁을 들어주기 위해서라도 프리즈마를 살려둘 수는 없었다.

귀여운 손녀딸의 부탁이라면 자신의 즐거움을 제쳐두고서라도 들어주는 것이 부모의 마음, 아니, 할아버지의 마음이었다.

"프리즈마를 쓰러트렸다! 쓰러트렸어!"

"하이랄 메나스도 없이……?!"

"여, 역시 국왕 폐하께서도 다 생각이 있으셨구나……!"

"좋아, 우리도 싸우자! 남아있는 마석수를 섬멸하면 우리들의 승리다!"

""와아아아아아아아!""

우레와도 같은 함성이 울려 퍼졌다.

"크리스으으~! 해냈구나! 고마워어어어~!"

그때 저 멀리서 라피니아가 부르는 소리가 들려왔다.

라피니아는 웃으며 기뻐하고 있었다. 불안과 긴장에서 해방된 덕인지 얼굴이 밝았다.

굉장히 귀여웠다. 전신의 피로가 싹 날아가는 느낌이었다.

라피니아가 운전하는 플라이 기어에는 유아도 동승하고 있었다. 이쪽은 별로 관심이 없는지 멍한 표정이었다.

어쨌든 프리즈마와의 전투는 충분히 만끽했고, 라피니아도 기뻐하고 있으니 불만은 없었다.

잉그리스도 라피니아를 향해 웃으며 손을 흔들어 주었다.

"아직 적이 남아있으니 조심해."
잉그리스 라피니아에게 당부하듯 말했다.
하지만 그것은 곧 자신에게 건네는 말이 되고 말았다.
우우우우웅…….
뒤쪽에서 불길한 진동음이 들려왔다.
"?!"
뒤를 돌아보니 프리즈마의 하반신이 빛을 발하며 꿈틀거리고 있었다.
"……! 아직 살아있었나?!"
이변이 발생한 것은 프리즈마의 하반신뿐만이 아니었다.
파란색을 띤 무언가가 잉그리스의 시야를 가로질러 프리즈마에게로 날아갔다.
"저건……?!"
전장의 곳곳에 방치된 얼음덩어리. 그 안에는 인간형 마석수들이 봉인되어 있었다.
그렇게 프리즈마의 하반신이 있는 곳까지 날아간 얼음덩어리들은 프리즈마와 충돌하는 족족 소멸해 버렸다. 흡수된 것이다.
잠시 후, 프리즈마의 하반신이 꿈틀꿈틀 일그러지기 시작하더니 뭐라고 설명하기 힘든 무지갯빛의 덩어리로 변모했다.
"마석수를 흡수해서 부활할 셈인가……?!"
그렇다면 그 전에 마무리를 지어야 했다.
잉그리스는 이곳의 인간형 마석수들이 얼음덩어리로 변한 경위를 알지 못했지만, 대충 짐작은 갔다.
예전에 노바 마을에서 마석수로 변한 세이린을 구하려고 했을 때도 비슷한 과정을 거쳤다.
당시에 자초지종을 목격한 인물이 이 방법을 제안했을 것이다.
잉그리스도 최대한 그 의도를 존중해 주고 싶었다.
"꺄아아아악~!"
"우와아아아아아……."
그런데 위쪽에서 그때 비명이 들려왔다.
위를 올려다보니 라피니아와 유아를 태운 스타 프린세스호가 프리즈마에게 끌려가고 있었다.
"라니! 유아 선배!"
반면에 다른 플라이 기어들은 끌려가는 기색이 없었다.
어째서 스타 프린세스호만?
그 원인은 유아의 손아귀에 있었다.
자그만 마석수가 봉인된 얼음덩어리를 쥐고 있었다.
이런 조치가 가능한 사람은 잉그리스가 아는 한 혈철쇄 여단의 흑가면밖에 없었다.
그렇다면 흑가면도 이 전장 어딘가에 있을지 몰랐다.
어찌 됐든, 유아는 마석수가 들어있는 얼음덩어리를 놓치지 않기 위해 필사적으로 움켜쥐고 있었다.
그래서 스타 프린세스호가 프리즈마에게로 끌려가고 있었다.
이대로 지켜보고 있을 수는 없었다.

"하앗!"

잉그리스는 스타 프린세스호로 뛰어올라 기체를 억지로 바닥까지 끌어내렸다.

그런 다음 프리즈마에게 끌려가지 않도록 단단히 붙잡고 버텼다.

"크리스! 고마워! 덕분에 살았어!"

"뭘!"

"왕가슴 후배, 땡큐. 팔이 끊어지는 줄 알았어."

이 별명으로 불리는 것도 오랜만이었다. 예전에도 그랬지만 냉정함을 유지하기가 힘들었다.

"아하하……. 그런데 유아 선배, 그건 뭔가요? 프리즈마한테 끌려가고 있는 것 같은데……."

잉그리스는 유아가 움켜쥔 얼음덩어리에 눈길을 보냈다.

"홀쭉이야. 버리라고 해도 소용없어. 안 버릴 거야."

유아는 웬일로 진지한 표정을 지어 보였다.

아니, 이런 표정을 짓는 것은 처음일지도 몰랐다.

잉그리스는 유아의 손등에 자신의 손을 얹으며 말했다.

"그럴 생각 없어요! 도와드릴게요!"

뒤이어 라피니아도 그 위에 손을 포갰다.

"나도! 이얍!"

"너희들…… 사실은 착한 애들이었어?"

유아가 의외라는 표정을 지었다.

"원래부터 착했거든요?!"
"원래부터 착했는데요?!"
"하지만 한 명은 툭하면 화를 내고, 다른 한 명은 주먹부터 나가는걸."
유아는 라피니아와 잉그리스를 번갈아 바라보았다.
""너무해요!""
두 사람이 한목소리로 외쳤다.
"그러면 부탁할게. 잠깐 홀쭉이를 들고 있어 줘."
불현듯 유아가 두 사람에게 홀쭉이를 맡겼다.
그러고는 몸을 일으켜 프리즈마를 바라보았다.
"유아 선배……?!"
"어쩌시려고요?!"
"날려버리고 올게. 반항기라서."
무슨 소리인지 이해가 되지 않았다.
꿈틀거리는 프리즈마를 날카롭게 노려본 유아는 양손을 모아 권총 모양을 만들었다.
그다음, 허리를 낮춰 프리즈마를 조준했다.
어느샌가 유아의 몸에는 동물귀와 꼬리가 자라나 있었다.
두 귀와 꼬리는 희미한 무지갯빛을 발하며 살랑살랑 흔들리고 있었다.
이윽고 유아의 손가락 앞에 광탄이 출현했다. 무시무시한 크기의 광탄이었다.

"괴, 굉장해, 유아 선배……! 크리스 같아!"

"나중에 꼭 저하고 대련해 주세요!"

"됐으니까 홀쭉이나 잘 들고 있어."

유아가 진지한 목소리로 말했다.

어쨌든 유아가 만들어낸 광탄은 범상치 않았다.

규모도 그렇고, 느껴지는 힘의 크기도 경이로웠다.

잉그리스의 에테르 스트라이크와 맞먹는 수준이었다. 아니, 그 이상이었다.

다만, 에테르 스트라이크에는 제약이 있었다.

잉그리스의 에테르 총량이 10이라면 2나 3 정도의 위력밖에 나지 않았다.

한 번에 10에 달하는 위력을 발휘하려면 용린검에 의지해야 했다.

에테르 브레이커 같은 복합 기술로 파괴력을 끌어올리는 것은 가능했지만, 독립적인 위력만을 따진다면 잉그리스의 기술 중에서는 에테르 스트라이크가 가장 강력했다.

유아의 광탄은 그 위력을 넘어서고 있는 것이다. 봐둘 가치가 있었다.

"엄청나게 강력한 빵야!"

~~쿠구구구구구구구구~~!

황당한 기술명은 잠시 묻어두기로 했다.

어쨌든, 유아가 발사한 광탄은 지면을 도려내면서 프리즈마를 향해 날아갔다.

그리고 직격. 폭발적으로 터져 나온 빛이 주변 일대를 뒤덮었다.

"어떻게 됐지? 통했나……?"

라피니아가 눈을 가늘게 뜨며 외쳤다.

하지만 아직 뭐라고 확답을 할 수 없는 상황이었다.

프리즈마의 기척은 건재했다.

징그럽게 꿈틀거리고 있는 것도 여전했다.

아니, 눈부셔서 정확하진 않지만 서서히 형태를 갖춰 나가는 것처럼 보였다.

"크리스……! 어떻게 됐어……?!"

"아무래도 안 통한 것 같아……!"

격퇴하기는커녕 오히려 강해진 듯했다.

인간형 마석수를 대량으로 흡수했기 때문일까?

아니면 유아의 공격을 흡수한 것일까?

잉그리스가 보기에 유아에게는 프리즈마의 힘이 깃들어 있었다. 예전에 수인종 프리즈마와 싸우면서 얻은 힘으로 추측되었다.

그 증거로 유아가 진심을 발휘할 때는 귀와 꼬리가 자라났다.

딱히 문제 될 건 없었다. 설령 마석수의 힘일지라도 유아가 이성적으로 그 힘을 제어할 수 있다면 그걸로 된 것이다. 그렇게 해서 강해진다면 오히려 환영이었다.

강한 상대는 몇 명이 있어도 부족하지 않았다.

그렇다면 유아에게 프리즈마의 힘이 깃들어 있었기에 눈앞의 프리즈마에게 공격을 흡수당한 것일까?

잘 납득이 되지 않았다. 똑같은 프리즈마라 하더라도 개체마다 뚜렷한 개성이 존재한다.

단지 프리즈마의 힘이라는 이유만으로 흡수할 수 있는 건가?

아니면 잉그리스가 도착하기 전에 유아와 프리즈마가 전투를 벌였던 것일까? 프리즈마가 유아의 공격에 내성을 얻어서 흡수가 가능해졌다고 추측해볼 수도 있었다.

하지만 결국 원인은 알아내지 못했다. 지금은 눈앞의 결과와 마주해야 했다.

이윽고 인간형 마석수를 흡수하던 프리즈마가 움직임을 멈추었다.

아직 흡수되지 않은 얼음덩어리들이 추진력을 잃고 떨어져 내렸다.

이것으로 모리스는 무사히 지켜냈다. 다만, 문제는 지금부터였다.

“머, 멈췄어! 이제 괜찮은 걸까……?!”

“응. 모리스 선배는. 하지만…….”

빛이 잦아들고 복구를 마친 프리즈마가 모습을 드러냈다.

그러나 잉그리스가 상반신을 날려버리기 전과는 완전히 다른 형태를 하고 있었다.

머리에는 이전처럼 부리가 달려 있었다. 조류 그 자체였다.

커다란 날개도 여전했다.

하지만 팔과 다리가 인간의 골격으로 변화해 있었다.

게다가 몸집도 이전의 수십 분의 일로 줄어들었다.

그래도 잉그리스보다 세 배는 컸지만, 이전에 비하면 하늘과 땅 차이였다.

그러나 프리즈마에게서 느껴지는 힘의 크기와 위압감은 오히려 상승해 있었다.

"저, 저게 뭐야?! 모습이 달라졌어……!"

"인간형 마석수를 흡수해서 진화한 건가? 후후후……. 이 세상은 신기한 일들로 가득하구나."

완전체였던 프리즈마가 또다시 진화하여 강해지다니. 예상외였다.

대단하다는 말밖에 나오지 않았다. 훌륭했다.

전생에서도 이만한 괴물은 본 적이 없었다.

"그, 그래도……! 괜찮은 거지? 크리스라면 물리칠 수 있겠지?"

"모르겠어. 장담은 못 하겠네."

잉그리스는 자기 생각을 솔직하게 전달했다.

"뭐……?! 크, 크리스가 이런 말을 하다니……!"

라피니아의 얼굴이 순식간에 어두워졌다.

"장담은 못 하지만…… 불타올랐어!"

반면에 잉그리스는 주먹을 움켜쥐며 웃어 보였다.

"지금 불타오를 때가 아니잖아……?!"

말은 그렇게 했지만, 라피니아도 안심한 듯 미소 지었다.

"노력하는 자는 즐기는 자를 이기지 못한다는 말도 있잖아? 뭐든지 즐기면서 해야지. 유아 선배, 라니를 부탁할게요. 근처에 있으면 위험하거든요."

"미안. 무리야."

잉그리스의 부탁은 곧바로 거절당하고 말았다.

잉그리스와 라피니아는 당황하며 유아를 바라보았다. 어찌 된 일인지 유아는 무지갯빛으로 빛나는 촉수에 휘감긴 채로 바닥을 나뒹굴고 있었다.

"유아 선배……?!"

"뭐, 뭘 하시는 건가요……?"

"갑자기 자라났어. 끄응, 끄응……. 안 돼. 안 움직여."

유아는 빠져나오려고 힘을 주었지만 쉽지 않은 듯했다.

"그러면 라니가 유아 선배를 태우고 전장을 이탈해 줘."

바닥에 쓰러진 유아를 스타 프린세스호로 옮겨다 싣는 두 사람. 그런데 그때였다.

"으아아아아아악!"

근처에 있던 플라이 기어에서 한 기사가 비명을 내질렀다.

이윽고 그는 괴로워하며 마석수로 변해버렸다.

"……!"

어떠한 공격의 징후도 없었다. 프리즈마는 단지 존재하는 것만으로도 주변에 영향을 끼친 것이다.

프리즈마의 힘이 그만큼 강대해졌다는 증거였다.

하지만 진짜 문제는 따로 있었다.

"라니! 위험해! 서둘러!"

라니가 위험했다.

잉그리스는 에테르로 몸을 지키고 있으니 괜찮았다.

유아도 특이한 체질이므로 괜찮을 것이다.

그러나 라피니아는 달랐다.

방금 마석수로 변한 기사가 어떤 마인을 보유했는지는 확실하지 않았다.

하지만 멀리 있던 기사가 마석수로 변하고, 라피니아가 무사한 점을 고려해 봤을 때, 기사는 아마도 중급 이하의 마인을 보유하고 있었을 것이다.

마인의 등급에 따라 강한 내성을 갖췄다고 추론한 결과였다. 하지만 그렇다고 해서 언제까지고 무사하리라는 보장은 없었다.

너무나도 위험했다. 등줄기가 서늘해지는 기분이었다.

한시라도 빨리 피신시켜야 했다.

"아, 알았어……!"

라피니아는 황급히 스타 프린세스호의 시동을 걸려고 했다.

그런데 언제나 힘찬 엔진 소리로 두 사람을 반겨주던 스타 프린세스호가 먹통이 되어 움직이질 않았다.

"시, 시동이 안 걸려……! 고장인가……?!"

프리즈마에게 끌려갈 때 억지로 잡아당기는 바람에 문제가 생긴 것일까. 원인이 무엇이든 타이밍이 너무 나빴다.

"이렇게 된 이상……."

잉그리스가 도중에 말을 끊었다. 등 뒤에서 커다란 그림자가 엄습해 오는 것을 느꼈기 때문이었다.

프리즈마가 순식간에 거리를 좁혀 주먹을 휘둘러 왔다.

"크……! 성미가 급하시군요!"

잉그리스는 용린검으로 프리즈마의 커다란 주먹을 막아냈다.

꽈과아아앙!

무시무시한 충돌음. 칼날이 휘어버릴 듯한 강렬한 충격이 느껴졌다.

잉그리스의 발바닥이 지면에 박히고, 발밑에는 금이 갔다.

"라니, 뛰어! 유아 선배도 데리고 가!"

"으, 응!"

라피니아가 유아를 들어 올리려던 그때.

"굼뜨군. 그러다간 늦을 거다."

위쪽에서 목소리가 들려왔다. 목소리의 주인공은 바람에 붉은 머리카락을 휘날리고 있었다.

"시스티아 씨……?!"

역시 이 전장에는 혈철쇄 여단이 와 있었던 모양이다.

"두 사람은 나에게 맡겨라."

시스티아는 그렇게 말하며 유아와 라피니아를 번쩍 안아 들었다.

"히익?!"

"파워풀한 누님. 나이스."

"시스티아입니다. 기억해 주시길."

아무래도 시스티아는 두 사람을 피난시켜 주려는 듯했다.

"고맙습니다. 큰 도움이 됐어요……!"

"흥. 가세하진 않겠다. 사이좋게 동귀어진이나 하시지. 우리한테는 그게 이득이다."

시스티아는 높이 도약해 전장을 이탈했다.

이것으로 잉그리스도 프리즈마의 주먹을 막아낼 필요가 없어졌다.

"드래곤 로어!"

드래곤 로어로 소환된 반투명한 용린검이 프리즈마의 손목과 팔꿈치를 공격했다.

덕분에 프리즈마의 자세가 무너졌고, 주먹을 막아내던 잉그리스에게도 여유가 생겼다.

"지금이다!"

이 빈틈을 놓칠 수는 없었다.

솔직히 말해서 잉그리스도 기진맥진한 상태였다.

에테르 크로스로어로 대량의 에테르를 소모해 버렸으며, 심지어는 폭발에 휘말려 날아가기까지 했다.

이미 에테르 스트라이크는 고사하고 에테르 셸을 유지하는 것이 고작이었다.

드래곤 로어도 얼마 남지 않았지만, 공격에 활용한 것은 다른 선택지가 없었기 때문이다.

에테르 셸을 발동시켰음에도 프리즈마의 공격을 막아내기란 쉽지 않았다.

조금이라도 방심하면 그대로 짓눌려 버릴 것만 같았다.

평소처럼 힘으로 밀어붙이는 방식은 불가능했다. 드래곤 로어로 프리즈마의 자세를 무너트릴 수밖에 없었다.

방금 공격으로 프리즈마는 드래곤 로어에 대한 내성을 획득했을 것이다. 하지만 달리 방법이 없었다.

이렇게 된 이상 철저히 상대방의 약점을 노리며 싸워야 했다.

잉그리스는 프리즈마의 굵직한 팔을 타고 올라갔다. 머리를 공격하기 위해서였다.

동시에 잉그리스를 에워싸고 있던 빛의 색깔이 변화했다.

용린검 또한 마찬가지였다.

에테르 브레이커를 구사할 때처럼 에테르를 변질시킨 것이다.

에테르에서 파장은 마법이나 마인무구로 치면 속성에 해당했다. 즉, 파장을 바꾼다는 말인즉 속성을 바꾼다는 말이었다.

얼음에 내성을 갖춘 프리즈마에게 화염으로 공격하는 것과 같은 원리였다.

다만, 에테르의 파장을 변화시킨다는 것은 결코 쉬운 일이 아니었다.

마법처럼 다양한 속성을 구사하기란 불가능했다.

그러니 한 번의 공격으로 최대한의 효과를 끌어내야 했다.

"여기다!"

잉그리스는 프리즈마의 오른쪽 눈에 용린검을 내질렀다.

하지만…….

피슈우우웅!

공격이 명중하기 직전, 프리즈마의 눈에서 무지갯빛의 광선이 뿜어져 나왔다.

"윽?!"

프리즈마가 잉그리스의 공격을 유도한 것이다.

반인반수로 변했기 때문인지 상당히 영악한 모습을 보였다.

이런 면에서도 다른 마석수와는 격이 달랐다.

이미 회피하기에는 늦은 상황이었다. 잉그리스는 용린검으로 광선을 막아냈다.

하지만 급하게 막아내느라 자세가 불안정했고, 광선의 압력에 떠밀려 후방으로 날아가 버렸다.

"제법이군요……!"

허를 찔려서 궁지에 내몰리는 것 또한 싸움의 일환이다.

불리한 상황이고, 이대로 가면 정말로 당할지도 몰랐다.

하지만 그것을 뛰어넘었을 때 인간은 커다란 성장을 이룩하는 법!

멀리 날아간 잉그리스의 등 뒤에는 아르멘 마을의 방벽이 있었다.

이대로 방벽에 처박히면 커다란 피해를 입을 것이다.

잉그리스가 공중에서 자세를 바로잡으려던 그때, 광선의 압력이 약해진 듯한 느낌이 들었다.

"……?!"

아니, 반대였다. 누군가가 뒤에서 잉그리스를 받아준 것이다.

뒤를 돌아보니 혈철쇄 여단의 수령인 흑가면이 있었다.
시스티아와도 만났으니 흑가면이 있어도 이상하지 않았다.
"……싸움에 끼어들지 말아 주셨으면 좋겠는데요."
잉그리스는 다소 불만스러운 표정을 지어 보였다.
"그런가. 알았다."
흑가면이 잉그리스의 등에서 손을 떼며 말했다.
그래도 흑가면이 잠시 지탱해 준 덕분에 지면에 발이 닿았다.
잉그리스는 두 다리를 버팀목 삼아서 광선을 막아내기 시작했다.
하지만 그것도 잠시. 곧바로 프리즈마의 왼쪽 눈에서 광선이 발사되었다.
"?!"
결과적으로 기존의 광선이 강화되면서 잉그리스를 다시금 밀어붙였다.
바닥에 기다란 자국을 남기며 뒤쪽으로 밀려나는 잉그리스. 한편, 옆에서는 흑가면이 그런 잉그리스를 종종걸음으로 쫓아오고 있었다.
"혹시 절 놀리시는 건가요……?"
"아직 자네한테 용건이 남아있어서 말이지."
용건은 남았지만 끼어들지 말라고 해서 얌전히 따라오고 있었다는 뜻인가?
참 정직한 인간이었다. 급박한 상황임에도 잉그리스는 무심코

피식하고 말았다.

"무슨 용건이신데요?"

"대단한 용건은 아니다. 저 프리즈마와 싸우기에는 자네의 체력 소모가 심각한 것 같더군. 그래서는 공평한 싸움이라 할 수 없겠지. 싸움이란 정정당당하게 호각으로 치고받을 때가 가장 즐거운 법이다. 안 그런가?"

"그건 그렇지만……. 어떻게 하실 생각이죠?"

그러자 흑가면은 잉그리스에게 손바닥을 내밀었다.

"자네에게 내 에테르를 넘겨주지. 나도 힘을 많이 소비해서 만전의 상태는 아니다만……. 섣불리 나서서 눈에 띄는 상황은 피하고 싶거든."

"저한테 공적을 떠넘기시려는 건가요?"

"애초에 그러라고 근위기사단장 대행 차석을 맡은 것 아니었나?"

잉그리스가 기사들에게 했던 말을 흑가면도 들은 모양이었다.

흑가면의 말대로였다.

군대가 동원된 전투에서 프리즈마를 일대일로 격파하면 타인에게 전공을 양보하기는 어려울 것이다. 애초에 이번에는 양보할 생각도 없었다.

근위기사단장으로 취임한 것도 이 때문이었다.

무명의 기사 아카데미 학생이 프리즈마를 격파해 버린다면 성기사단과 성기사, 하이랄 메나스의 입지가 위태로워질 수도 있었다.

낮은 지위에 있던 사람이 너무 커다란 전공을 세우면 높은 지

위에 있던 사람의 명예가 실추되기도 한다.

나아가 사람들은 이것을 일종의 하극상으로 받아들일 우려가 있었다. 권력자들의 콧대가 꺾였다면서 통쾌해할 수 있다는 것이다.

당연하지만 잉그리스는 그렇게 되기를 원하지 않았다.

라파엘의 입장을 곤란하게 만들고 싶지도 않거니와, 라파엘의 입지가 줄어들면 이번에는 이쪽이 과도한 관심을 받아버린다.

잉그리스가 두려워하는 점은 하나였다. 다음에 프리즈마가 나타났을 때 불러주지 않을 수 있다는 것. 중요한 기회를 망쳐버리고 싶지 않았다.

에리스와 리플이 잉그리스를 저버리지는 않겠지만, 언제나 두 사람의 의사가 반영될 것이라고 장담할 수는 없었다.

성기사단의 중심에는 라파엘과 에리스, 리플이 있지만 이들도 무적은 아니었다. 그 위에는 윈젤 왕자와 세오도어 특사가 있고, 두 사람의 주변에도 다양한 입장을 가진 수많은 인물이 존재했다.

정리하자면, 근위기사단장이 성기사와 협력하여 프리즈마를 격파할 경우 적어도 하극상으로 이어지지는 않을 것이다. 성기사단이 받는 패널티는 적어질 테고, 잉그리스도 세간의 주목에서 벗어날 수 있을 것이다. 프리즈마가 나타나더라도 불러줄 가능성이 크다.

"맞아요. 최종적으로는 이게 가장 합리적인 방법이라고 생각했거든요."

“나도 마찬가지다. 눈에 띄는 활약으로 이 나라의 질서를 어지럽힐 생각은 없다. 우리의 적은 지상을 먹잇감 취급하는 하이랜더뿐이다.”

누군가가 활약을 하면 사람들은 열광하기 마련이다.

문제는 그 대상이 혈철쇄 여단이라는 점이다. 무정부성향을 띤 조직이 국민의 신임을 얻을 경우, 국가는 자신들의 체제가 위협을 받았다고 판단할 수도 있었다.

혈철쇄 여단의 존재는 일찌감치 카랄리아에 알려져 있었다. 하지만 카랄리아가 국가적 차원에서 이들을 토벌하려는 움직임을 보인 적은 없었다.

하지만 혈철쇄 여단의 명성이 높아진다면 그것이 현실이 될 가능성이 있었다.

흑가면은 지상의 나라를 약탈할 의도가 없다고, 자신들의 적은 하이랜드뿐이라고 말했다.

처음 만났을 당시에도 똑같은 말을 했었다.

다만, 프리즈마가 부활하여 국가가 멸망할 위기에 처한 이 상황에서 아무것도 하지 않을 수는 없었던 것이리라.

게다가 노바 마을에서 세이린에게 프리즘 파우더를 먹였던 미모자처럼 카랄리아에도 혈철쇄 여단의 구성원들이 존재했다.

프리즈마로부터 자신의 동지를 지키기 위한 행동이라고 생각하면 딱히 부자연스러운 것도 없었다.

“당신은 마주칠 때마다 똑같은 말씀을 하시는군요.”

“그것이 내 신념이니까. 자네도 마찬가지 아닌가? 덕분에 나도 이렇게 사서 고생을 하고 있지.”

이렇게 대화를 나누는 동안에도 잉그리스는 바닥에 흔적을 남기며 뒤로 밀려나고 있었다. 마찬가지로 흑가면 또한 종종걸음으로 잉그리스를 따라오고 있었다.

“후후. 그러면 감사히 받도록 하죠. 싸움은 밥심으로 하는 거라는 말도 있으니까요. 이건 싸우기 전에 배를 채우는 거라고 생각할게요.”

모처럼 만난 강적이니 만전의 상태로 겨뤄보고 싶었다.

이런 쪽으로 생각이 기우는 것도 무인의 본능이었다.

“그럼 시작하지.”

흑가면이 잉그리스의 어깨에 손을 얹었다.

흑가면의 에테르는 이미 잉그리스와 동일한 파장으로 조정되어 있었다.

이윽고 흑가면의 에테르가 잉그리스의 몸으로 흘러 들어오는 것이 느껴졌다.

거덜 나 버렸던 에테르가 급속도로 충전되어 갔다.

그렇게 잉그리스의 에테르는 순식간에 만전의 상태로 회복되었다.

흑가면은 자신이 만전의 상태가 아니라고 말했다. 그런데도 잉그리스는 가득 차다시피 회복된 것이다.

즉, 에테르의 총량은 흑가면 쪽이 훨씬 더 많다는 뜻이었다.

하지만 에테르의 총량이 힘의 차이를 결정하는 것은 아니었다.

동일한 양의 에테르라 하더라도 파괴력은 잉그리스 쪽이 위였다. 이는 예전에 흑가면도 인정한 바였다.

다만, 잉그리스도 자신의 미숙함을 실감했다.

목표로 삼을 인간이 존재한다는 것은 반가운 일이다. 덕분에 조금 더 의욕적으로 수련을 해나갈 수 있을 듯했다.

"음. 이 정도면 됐겠지."

흑가면의 몸에서 에테르의 빛이 소멸했다.

"굉장하시네요. 당신은 만전의 상태가 아니라고 하셨지만, 제게는 거의 가득한 수준이에요."

"기대가 지나쳐도 곤란해. 나도 거의 한계다. 더 이상의 도움은 어렵다고 생각해라."

"알겠어요. 그리고 고맙습니다……! 이 빚은 언젠가 다른 전장에서 갚도록 할게요."

"그래. 한 번이라도 좋으니 전장에서 나를 마주쳐도 공격하지 말아 줬으면 좋겠군."

"네……?! 그건 좀……."

잉그리스가 상상했던 장면과는 너무 달랐다. 이번 일을 계기로 열심히 수련해서 성장한 자신을 보여주는 것으로 빚을 갚을 생각이었건만.

"그러면 뒤를 부탁하지. 건투를 빌겠다……!"

흑가면은 그 말을 끝으로 잉그리스로부터 멀어져 갔다.

아직 좀 더 대화를 나눠보고 싶었지만, 상황이 상황이니만큼 어쩔 수 없었다.

지금은 눈앞의 프리즈마를 쓰러트려야 했다.

아니, 그 전에 이 광선부터 어떻게든 해야 했다.

충전이라면 방금 끝냈다.

"에테르 스트라이크!"

잉그리스의 눈앞에 거대한 광탄이 출현했다.

쿠구구구구구구!

에테르 스트라이크가 프리즈마의 광선을 밀어내며 거슬러 올라가기 시작했다.

"좋았어!"

일방적으로 밀려나는 상황에서 해방된 잉그리스는 직진하는 에테르 스트라이크에 바짝 붙어 달려갔다.

이대로 반격에 나설 작정이었다.

잉그리스의 등 뒤에는 아르멘 마을이 있다.

아직 지하로 피신하지 못한 인원이 남아있었고, 마석수와의 전투도 여전히 계속되고 있었다.

여기에 프리즈마의 광선이 꽂히기라도 한다면 엄청난 피해가 발생할 것이다.

그것만큼은 허락할 수 없었다. 밀고 나가야 했다.

하지만 프리즈마도 호락호락하지 않았다.

두 눈으로는 부족하다고 판단했는지 양손에서도 광선을 발사한 것이다.

다시금 에테르 스트라이크가 밀려나기 시작했다.

추진력을 잃고 조금씩 잉그리스를 향해 되돌아왔다.

"다시 밀어냈어……?! 제법인걸!"

과연 진화를 이룩한 프리즈마였다. 잉그리스의 상상을 가볍게 뛰어넘었다.

이토록 간단히 에테르 스트라이크를 밀어낼 줄이야.

"그렇다면 이건 어떨까요!"

잉그리스가 에테르의 파장을 변화시켰다.

에테르 리플렉터라는 기술을 구사할 때 이용하는 파장이었다.

이 파장에는 기존의 에테르와 반발하는 특성이 있었다.

"하아아아아압!"

콰과아아아아앙!

잉그리스는 용린검으로 에테르 스트라이크를 후려쳤다.

그러자 용린검은 기존의 에테르와 반발하며 에테르 스트라이크를 밀어냈다.

일정 거리를 나아간 에테르 스트라이크는 광선의 압력으로 인해 다시 멈추었고, 잉그리스는 재차 용린검을 휘둘렀다.

에테르 스트라이크는 추진력을 얻어 프리즈마를 향해 다시 전진.

도중에 멈추면 다시 검으로 후려쳐 전진.

그리고 다시 전진. 다시 전진. 다시 전진!

에테르 스트라이크의 출력이 부족하다면 다른 수단으로 추진력을 보완하면 된다.

잉그리스는 밀려났던 거리를 거슬러 올라가 프리즈마의 코앞까지 도달했다.

그런데 그때, 프리즈마의 광선과 에테르 스트라이크가 힘을 다하고 소멸해 버렸다.

"……!"

잉그리스는 휘두르던 용린검의 방향을 틀어 땅바닥에 내리꽂았다.

그 충격으로 큼지막한 구덩이가 파이고 성대한 흙먼지가 피어올랐다.

이것은 의도된 행동이었다. 흙먼지를 연막으로 사용하기 위해서였다.

잉그리스는 흙먼지 속에서 뛰어올라 프리즈마의 등 뒤로 돌아들어갔다.

아르멘 마을을 등지고 있으면 프리즈마의 공격을 회피할 수 없기 때문이었다.

실제로 방금까지 잉그리스는 광선을 막아내거나 튕겨내는 것 말고는 선택지가 없었다.

따라서 위치 관계를 바꿔 선택지를 늘리기로 한 것이다.

한편 잉그리스의 모든 행동은 에테르 셀을 발동시킨 상태에서 이루어졌다.

그런데 후방으로 돌아 들어가기 직전, 잉그리스는 프리즈마와 눈이 마주쳤다.

그것은 프리즈마가 잉그리스를 조준했다는 뜻이기도 했다.

프리즈마의 양쪽 눈에서 광선이 뿜어져 나왔다.

"오호라……! 반응 속도도 올라가셨군요."

진화하기 전의 프리즈마는 잉그리스의 전속력을 따라오지 못했었다.

하지만 지금은 전속력으로 움직이는 잉그리스를 정확하게 포착하여 광선을 발사해 왔다.

그뿐만이 아니었다. 잉그리스의 진행 방향을 예측하듯 어디선가 광선이 날아왔다.

광선의 출처는 프리즈마의 손가락이었다.

잉그리스는 황급히 방향을 전환해 아슬아슬하게 회피했다.

그와 동시에 용린검의 끝부분을 지면에 가져다 댔다.

고속으로 달리는 중이기에 다시금 흙먼지가 피어올랐고, 잉그리스는 그 흙먼지 속에 모습을 감추었다. 방금처럼 진로를 예측당하지 않기 위함이었다.

잠깐이라도 걸음을 멈추거나, 동작을 읽힌다면 광선에 직격당해 큰 피해를 입을 것이다.

실제로 잉그리스를 놓친 프리즈마의 광선은 한참 떨어진 산봉우리와 언덕을 통째로 소멸시켜 버렸다.

터무니없는 파괴력이었다.

그런 광선을 아슬아슬하게 회피하며 종이 한 장 차이의 공방을 이어나가는 잉그리스.

"역시 긴장감이 다르네요……. 후후훗."

잉그리스의 입에서 무심코 웃음이 흘러나왔다.

지금 자신이 어떤 얼굴을 하고 있을지 상상도 되지 않았다.

아마도 굉장히 해맑은 미소를 짓고 있지 않을까.

현재 잉그리스는 상황의 변화를 기다리고 있었다.

이대로 회피를 계속하다 보면 프리즈마는 초조함을 느끼고 무언가 조치할 것이다.

진화 전에 사용했던 빛의 장벽이나, 비슷한 종류의 능력을 사용할 가능성이 컸다.

바로 그 순간이 승부처였다.

이쪽의 퇴로를 차단한다는 것은 상대방의 퇴로 또한 차단된다는 것.

잉그리스가 프리즈마를 쓰러트리려면 에테르를 모조리 쏟아부어 필살기 수준의 기술을 사용해야 했다. 빗나가면 곤란한 것은 이쪽도 마찬가지다.

어쨌든 결정적인 기회가 찾아오기 전까지는 버티는 수밖에 없었다.

하지만, 이 공방은 예상외의 형태로 끝을 맞이하고 말았다.

불현듯 프리즈마가 공격을 멈춘 것이다.

이대로 빛의 장벽을 전개하나 싶었지만, 그것도 아니었다. 정말로 아무것도 하지 않고 멈춰버렸다.

"……?"

잉그리스는 만약의 사태에 대비해 계속 움직이면서 프리즈마의 상태를 살폈다.

"움직이지…… 마라……."

"말을 했어……?!"

인간형 마석수를 흡수해서 인간에 가까운 모습이 되었기 때문일까?

뛰어난 학습 능력이 언어를 구사하는 쪽으로 발현된 건지도 몰랐다.

프리즈마가 아르멘 마을 쪽으로 손바닥을 내밀었다.

"그렇지…… 않으면……."

프리즈마의 손바닥에 빛이 모였다.

아르멘 마을을 인질로 삼을 생각인 듯했다.

잉그리스는 프리즈마가 자신의 움직임을 막을 것이라고는 생각했지만, 설마 인질을 잡아서 협박할 것이라고는 상상도 하지 못했다.

역시 모든 면에서 예상을 벗어난 존재였다. 하지만 한편으로는 안타까웠다.

이것은 잉그리스가 원하던 것이 아니었다. 특히나 마석수를 상대로는.

"……인간에 가까워지면서 쓸데없는 지혜를 얻었군요…….

아쉽네요. 자고로 마석수라 함은 주변의 모든 것들을 닥치는 대로 습격하는 파괴자! 마석수가 협박이라뇨! 마석수로서 긍지를 가져 주세요!"

잉그리스의 따끔한 설교가 작렬했다.

"긍지…… 없다……. 찾는 것이…… 목적……."

"찾는다고요? 뭘 말이죠……?!"

"파편……. 소중……한!"

바로 그때, 프리즈마는 가만히 멈춰있던 잉그리스를 두 손으로 움켜쥐었다.

"앗?! 으윽…… 끄으으윽……!"

에테르 셸을 발동시켰음에도 엄청난 압력이 가해졌다.

맨몸이었다면 즉사하고 말았으리라.

온몸이 고통을 호소하고, 뼈마디가 비명을 질렀다. 아니, 비명을 지르다 못해 부러져 버릴 지경이었다.

하지만 전부 잉그리스가 의도한 대로였다.

"방해하는 자는…… 죽어라……!"

"거절하겠습니다……!"

이쪽은 지금 막 용린검에 모든 에테르를 쏟아부은 참이었다.

얄팍한 지혜는 오히려 자신을 파멸로 이끌 뿐이다.

잉그리스가 움직임을 멈췄다는 이유만으로 프리즈마는 안이하게 접근해 왔다.

반격하지 않겠다고 말한 적은 없었다.

"으어어……?!"

잉그리스가 힘을 해방하자 용린검에서 눈 부신 빛이 부풀어 올랐다. 잉그리스가 전력을 다해 만들어낸 에테르 덩어리였다.

물론 에테르의 파장을 변형시키는 것도 잊지 않았다.

에테르 덩어리는 프리즈마의 손을 튕겨냈고, 덕분에 잉그리스는 프리즈마의 손아귀에서 벗어나 지면에 착지했다.

팔다리가 고통을 호소했지만, 지금은 몸 상태를 신경 쓸 때가 아니었다.

눈앞에서는 위협을 느낀 프리즈마가 에테르 덩어리를 튕겨내 버리려 하고 있었다.

"드래곤 로어! 하아아아아아아아압!"

바로 그때, 잉그리스는 최대 출력의 드래곤 로어를 발동시켜 에테르 덩어리에 반투명한 용린검을 박아 넣었다.

"그오오오오오오오오!"

파아아아아앗!

에테르 덩어리가 폭발하며 시야가 눈 부신 빛으로 물들었다.

근거리에서 작렬한 에테르 크로스로어로 인해서 잉그리스는 이전보다 훨씬 더 멀리 튕겨나 버렸다.

잉그리스는 바닥을 구르면서 에테르로 이뤄진 거대한 빛의 기둥이 솟아오르는 것을 보았다.

프리즈마는 빛의 기둥 한복판에 휘말려 버린 상태였다.

잠시 후, 기둥 주변의 지반이 붕괴하며 성대한 흙먼지가 피어올랐다.

"윽…… 후우우. 제 공격이 어떠셨……?!"

잉그리스의 말이 끝나기 전, 흙먼지 속에서 큼지막한 발이 튀어나왔다.

더 생각할 것도 없었다. 프리즈마였다.

무시무시한 파공음을 동반한 발차기가 잉그리스를 엄습해 왔다.

"끄윽……?!"

까아아아아아아앙!

귀를 찢는 듯한 금속음이 울려 퍼졌다. 잉그리스가 황급히 용린검을 들어 공격을 막아낸 것이다. 하지만 몸 상태가 만전이 아니었기에 버티지 못하고 튕겨 날아갔다.

살벌한 속도로 아르멘 마을의 방벽을 향해 날아가는 잉그리스.

"이거…… 위험한걸……!"

어떻게든 자세를 바로잡은 잉그리스는 용린검을 바닥에 꽂아 속도를 낮추려 했다.

하지만 속도는 줄어들지 않았다.

이대로는 장벽에 직격하고 말 것이다.

더욱. 더욱더 깊이 박아 넣으면 속도를 줄일 수 있을 것이다.

쨍그랑!

그런데 그 순간, 용린검이 부하를 견디지 못하고 산산조각이 나버리고 말았다.

"……?! 후페일베인, 죄송합니다. 모처럼 받은 검을……!"

타이밍이 좋지 않았다. 최악에 가까웠다.
하지만 용린검에는 감사했다. 오히려 지금까지 잘 버텨주었다.
이번 인생에서 이만한 성능과 강도를 지닌 무기는 달리 없었다.
특히 에테르를 전부 쏟아부어도 견뎌내 주었다는 점이 컸다.
덕분에 에테르 브레이커의 파괴력을 넘어선 에테르 크로스로어라는 기술을 실현할 수 있었다. 용린검 없이는 성립하지 않는 기술이었다.
어찌 됐든 상황은 악화되었다. 새로운 방법을 강구해야 했다.
"크리스!"
그때 뒤쪽에서 라피니아의 목소리가 들려왔다.
"라니?!"
방벽 근처, 잉그리스가 날아가는 경로상에 라피니아가 있었다.
받아내려는 것일까?
하지만 이렇게 되면 위험한 것은 잉그리스가 아니라 오히려 라피니아였다.
"안 돼, 라니! 물러나 있어!"
"싫어! 크리스를 도울 거야!"
라피니아는 입술을 굳게 다물며 활시위를 당겼다.
이윽고 잉그리스가 날아가는 경로상에 수많은 빛의 화살이 쏟아졌다.
대량의 흙이 솟구쳐 모래주머니처럼 잉그리스의 등을 받아주었지만, 기세를 버티지 못하고 곧 흩어져 버렸다.

하지만 한 번이 아니었다. 두 번, 세 번, 네 번, 다섯 번. 가능한 만큼.

비록 효과는 적었지만, 그래도 잉그리스의 속도가 줄어드는 데 도움을 주었다.

그리고 라피니아는 마지막 행동에 옮겼다.

"에에에에잇!"

거리가 가까워지자 몸을 던져 잉그리스를 받아준 것이다.

"라, 라니……!"

솔직히 말해서 라니의 힘은 강하지 않았다. 잉그리스를 받아내기에는 턱없이 부족했다.

흑가면이 건네준 힘과 비교해도 미미한 수준이었다.

하지만, 잉그리스를 움직이게 만드는 힘은 그 몇 배에 달했다.

어쩌면 몇십 배. 몇백 배. 아니, 무한대였다!

"으아아아아아아아아!"

잉그리스는 라피니아를 끌어안으며 바닥에 다리를 박아 넣었다.

안 그래도 너덜너덜하던 다리가 거센 압력으로 부러지고 말았지만, 고통은 기합으로 지워버리면 그만이다.

라피니아만큼은 무슨 일이 있어도 지켜야 한다. 지금은 그 생각 하나뿐이었다.

잉그리스의 분투가 통한 것일까. 두 사람이 방벽에 충돌하는 일은 없었다.

등을 툭 부딪치는 정도로 끝났다. 휴식을 취하기에는 딱 좋은 자세였다.

“후우……! 라니, 괜찮아?!”

“으, 응……! 미안해. 제대로 받아주지 못해서.”

“그렇지 않아. 고마워. 덕분에 살았어. ……윽!”

잉그리스가 얼굴을 찡그렸다. 뒤늦게 전신의 고통이 되살아난 것이다.

“앗! 움직이지 마. 바로 치료할게……!”

라피니아는 치유 능력을 발동시켜 잉그리스를 치료하기 시작했다. 환부를 직접 만질 필요가 있었기에 만신창이가 된 잉그리스를 거의 끌어안다시피 해야 했다.

덕분에 고통이 완화되고, 상처가 점점 치유되는 것이 느껴졌다.

기분 탓인지 다 써버린 에테르까지 약간 회복된 기분이 들었다.

라피니아의 헌신이 마음을 채워 주었기 때문일까.

지금껏 라피니아 앞에서 이만한 중상을 입어본 적도, 치료를 받아본 적도 없었기에 이 모든 것이 처음이었다. 무척 기분이 좋았다.

하지만 태평하게 치료를 받고 있을 시간은 없었다.

프리즈마는 아직도 건재했다.

왼쪽 팔이 날아가고, 전체적으로 피해가 상당했지만 여전히 살아있었다.

당장은 움직임을 멈춘 상태였지만, 프리즈마의 전신으로 빛이 모여들고 있었다.

대기가 전율하는 듯한 진동음이 들려왔다. 발밑도 미세하게 흔들리기 시작했다.

잔꾀를 부렸다가 낭패를 본 것을 반성하고 강력한 공격으로 끝장을 내려는 것일까. 어떤 공격을 해 올지는 불명이지만 이 주변이 무사히 넘어가지는 못할 것이다.

아르멘 마을과 함께 모든 것을 날려버릴 생각일지도 몰랐다.

실제로 지금의 프리즈마에게서는 그만한 힘이 느껴졌다.

막으려면 지금뿐이었다. 하지만 그 전에 먼저 라피니아를 피신시켜야 했다.

싸움은 고사하고 다가가는 것만으로도 마석수가 되어버릴 우려가 있었다.

"라니! 얼른 가! 서둘러……! 프리즈마가 공격해 올 거야!"

"무슨 소리야! 이런 상처로 어떻게 싸우게! 치료할 수 있는 데까지는 치료할 거야……!"

"그러다간 늦어……! 부탁이니까 고집부리지 말고……."

"고집이라도 좋아!"

라피니아는 잉그리스의 눈을 똑바로 보며 말했다.

"고집이라도 좋으니까 크리스와 끝까지 함께할 거야! 크리스는 내 종기사잖아!"

"라니……."

라피니아도 전황이 어떻게 흘러가는지 직감한 것이다.

이런 말까지 하게 만들어서 미안하고 안쓰러울 따름이었다.

잉그리스는 자신의 무력함과 미숙함을 통감했다.
이렇게 된 이상 달리 방법이 없었다.
"아니, 아직 끝나지 않았어!"
그것은 잉그리스가 내뱉은 말이 아니었다.
상냥하면서도 듬직한 목소리.
붉은 갑옷을 입은 청년이 잉그리스와 라피니아 앞에 내려온 것이다.
""라파 오라버니……!""
라파엘은 프리즈마의 움직임을 경계하며 두 사람을 돌아보았다.
"뒤는 나한테 맡겨 줘. 고마워……. 이 정도면 충분해. 정말로 잘 싸웠어."
완전히 각오를 다진 것인지 라파엘은 온화한 표정을 짓고 있었다.
"프리즈마는 크리스의 활약으로 큰 상처를 입은 상태야. 지금이라면 분명 우리들의 힘으로 끝장을 낼 수 있겠지."
라파엘의 곁으로 두 명의 소녀가 내려왔다.
성기사와 한 쌍을 이루는 존재, 하이랄 메나스였다.
에리스와 리플도 라파엘처럼 온화한 표정을 짓고 있었다.
지금부터 일어날 일을 전부 받아들인 듯 보였다.
"솔직히 말해서 프리즈마를 여기까지 몰아넣을 줄은 몰랐어. 저건 우리가 지금까지 봐왔던 어떤 프리즈마보다도 강해. 믿을 수 없을 정도로. 정말로 대단한 아이야, 넌……. 역시 부르길 잘했어.”

에리스는 나무라는 말 한마디 없이 잉그리스를 칭찬해 주었다.

“맞아. 우리가 처음부터 싸웠다면 위험했을 거야. 정말로 고마워. 뒤는 우리한테 맡기고 푹 쉬도록 해.”

리플은 평소와 크게 다르지 않았다.

다만, 목소리는 어렴풋이 떨리고 있었다.

“가시죠, 에리스 님, 리플 님. 저에게 두 분의 진정한 힘을 빌려주세요!”

라파엘이 힘차게 외쳤다.

“그래……! 몸과 마음을 하나로……! 네게 우리의 힘을 맡길게!”

“알겠어! 부탁해, 라파엘……! 지상을, 이 나라를, 그리고 모두를 구해줘……!”

“예, 맡겨주세요……!”

에리스와 리플의 몸이 황금색의 빛으로 둘러싸였다.

고결하고, 아름답고, 신성한 빛.

바라보는 자로 하여금 경외감을 느끼게 하는 빛이었다.

“라파엘 오라버니…….”

라피니아는 잉그리스의 팔을 꽉 움켜쥔 채로 라파엘의 이름을 불렀다.

이름 말고는 차마 건네줄 말을 찾지 못한 모양이었다.

다만, 애처롭게 글썽이는 눈동자가 라피니아의 심정을 대변해 주었다.

라파엘은 그런 라피니아를 바라보며 미소 지었다.

"라니…… 크리스와 사이좋게 지내렴. 두 사람의 미래는 내가 지켜줄 테니까……. 부모님께는 대신 잘 전해줘."

"응. 라파 오라버니……!"

결국 라피니아는 참지 못하고 눈물을 흘렸다.

"크리스……."

라파엘은 잉그리스에게도 미소를 지어 보였다.

"네, 오라버니."

"난 마음속 어딘가에서 줄곧 너를 쫓고 있었던 것 같아. 나도 특급 마인을 받은 몸이지만, 너는 상상할 수도 없을 정도로 대단한 아이라는 생각이 머릿속을 떠나지 않았어……. 이제 막 태어난 갓난아기가 나도 당해내지 못하는 마석수를 쓰러트렸으니까."

"……! 기억하고 계셨군요."

"응……. 지금까진 꿈일지도 모른다고 생각했지만 말이야. 네가 싸우는 모습을 보고서 확신했어. 너는 나보다 훨씬 강한 아이지. 그런 너를 지금이라도 지켜줄 수 있다는 게 조금은 자랑스러워……. 라니를 잘 부탁할게. 네가 함께라면 나도 안심이야."

"네. 지금까지도 그랬고, 앞으로도 그렇게 할게요……."

잉그리스는 부드럽게 웃으며 라파엘을 향해 걸어갔다.

"크리스?"

"오라버니, 제가 해드릴 수 있는 건 이것밖에 없네요."

잉그리스가 정면의 라파엘을 올려다보며 말했다.

그러고는 손을 뻗어 라파엘의 뺨에 가져다 댔다.
“크, 크리스?!”
“건승을 빌게요……. 저기, 눈을 감아 주시면 고맙겠어요.”
“어……?! 아, 그, 그래……!”
라파엘은 당황하면서 눈을 감았다.
그러자 잉그리스는 자세를 낮추고 주먹을 움켜쥐었다.
퍼억!
잉그리스의 주먹이 라파엘의 복부에 꽂혔다.
“커헉?!”
라파엘의 몸이 푹 꺾이며 공중으로 붕 떠올랐다.
털썩.
그리고 그대로 바닥에 쓰러져 기절하고 말했다.
“‘“아아아아아앗?!”’
라피니아도, 에리스도, 리플도 한순간 무슨 일이 벌어졌는지 이해하지 못한 듯했다.
눈을 동그랗게 뜨고서 기절한 라파엘을 쳐다보고 있었다.
“죄송해요, 라파 오라버니. 설명할 시간이 부족해서요.”
잉그리스는 기절한 라파엘에게 머리 숙여 사과했다.
라파엘 정도의 강자를 확실하게 기절시키기 위해서는 먼저 무방비한 상태로 만들 필요가 있었다.
그러기 위해서 미인계까지 동원하고 말았다.
뒤집어 말하면, 미인계라는 발상이 자연스럽게 떠올라 버렸다.

여러 가지 의미로 부끄러웠다. 잉그리스의 얼굴이 살짝 붉어져 있었다.
"무, 무, 무무무…… 무슨 짓이야, 도대체?!"
세 사람 중에서 제일 먼저 정신을 차린 에리스는 전례가 없을 정도로 동요하고 있었다.
평소의 침착하고 차분한 목소리는 온데간데없었다.
"지금이 어떤 상황인지는 너도 알잖아?! 라파엘이 없으면 누가 우리를 써서 프리즈마를 쓰러트릴 건데?! 아아아아아……! 이걸 도대체 어떻게 하면 좋아!"
에리스는 잉그리스의 멱살을 붙잡고 앞뒤로 흔들어댔다.
"라파엘! 라파엘! 일어나! 일어나래도! 틀렸어, 완전히 뻗어버렸나 봐! 라피니아, 라파엘한테 치유 능력을 사용해 볼래?! 당장 깨워야 해!"
리플은 기절한 라파엘은 깨워보려고 라피니아에게 부탁했다.
"앗, 네! 알겠습니다……!"
"라니, 잠깐만!"
그때 잉그리스가 나서서 라피니아를 제지했다.
지금 라파엘을 깨워버리면 애써 기절시킨 의미가 없었다.
"에리스 씨, 리플 씨. 저라고 무책임하게 이런 짓을 벌이지는 않아요. 제게 생각이 있어요."
"있어? 있는 거지?! 그러면 빨리 말해봐! 시간이 없어!"
"어떻게 하려고?!"

"네. 제가 두 분을 사용하려고요. 저한테 힘을 빌려주세요."

잉그리스가 부드럽게 웃으며 말했다.

""……!""

당황하던 에리스와 리플의 얼굴이 순식간에 침통하게 변했다.

라파엘을 대신해서 하이랄 메나스를 사용하겠다는 말인즉, 잉그리스가 라파엘을 대신해 희생하겠다는 뜻이었다.

에리스는 몹시나 괴로운 표정으로 대답했다.

"이제는 말해봤자 소용없는 짓이겠지만……. 네가 라파엘을 대신한다고 될 문제는 아니라고 생각해. 아니, 오히려 희생자를 줄인다는 의미에서는 라파엘이…… 항상 자신의 사명과 마주해 왔던 라파엘이 맡았어야 한다고 봐……."

"나도 에리스의 말이 옳다고 생각해……. 하지만 어쩔 수 없네. 이렇게 되어버린 이상……."

"아뇨, 그런 뜻이 아니에요."

""응?""

두 사람이 아리송한 얼굴로 되물었다.

"저는 죽지 않거든요. 하이랄 메나스를 사용해도."

다시 한번 해맑은 미소를 지어 보이는 잉그리스.

""뭐?!""

하지만 놀라기도 잠시, 두 사람은 의심스러운 표정으로 잉그리스를 쳐다보았다.

"안심시키려고 괜히 거짓말을 할 필요는 없어……."

"응. 우린 괜찮으니까……."

"아뇨, 정말이에요. 실전 연습도 끝마친 상태죠. 그렇지, 라니?"

잉그리스가 라니에게 물었다. 그제야 라니도 무언가 떠오른 듯했다.

"앗, 맞아……! 새, 생각났다! 사, 사실이에요, 에리스 씨, 리플 씨! 저희가 알카드에 갔을 때 티파니에라는 하이랄 메나스와 싸운 적이 있거든요. 갑옷으로 변신하는 하이랄 메나스였는데, 크리스가 그 갑옷을 입었었어요! 하지만 크리스는 보시다시피 멀쩡하고요……!"

"하이랄 메나스 티파니에……?! 그 애와 싸웠다고?!"

"에리스, 누군지 알아……?!"

"응. 오래전부터 알고 지내던 사이야. 정말로 오래전부터……."

"당시에 티파니에 씨는 갑옷으로 변해서 저를 죽이려고 하셨어요. 하지만 티파니에 씨의 시도는 실패로 돌아갔고, 저는 하이랄 메나스의 힘을 다루는 법을 터득할 수 있었죠."

에테르로 하이랄 메나스의 기능 일부를 교란시키면 생명력을 빼앗기지 않을 수 있었다.

굳이 설명하자면 에테르로 생명력이 빠져나가는 구멍을 막는다는 이미지였다.

이러한 과정을 거치면 부작용을 무시하고 하이랄 메나스의 강력한 성능을 발휘할 수 있었다.

혈철쇄 여단의 흑가면이 이벨을 물리쳤을 당시, 흑가면도 태연한 얼굴로 무기화한 시스티아를 휘둘렀다. 잉그리스도 그것을 보고 평범하게 하이랄 메나스를 다루는 것이 가능하다는 사실을 알게 되었다.

덕분에 티파니에가 잉그리스의 생명력을 빼앗으려 했을 때도 당하기 전에 대처할 수 있었다.

"……정말일지도 몰라. 티파니에가 그렇게 나왔다는 건 살려줄 생각이 없었다는 뜻이니까."

"잉그리스의 말이 사실이라면……."

잉그리스는 망설이는 두 사람을 달래듯 말했다.

"에리스 씨, 리플 씨……. 두 분이 지금까지 얼마나 고생해 오셨을지 저로서는 감히 상상할 수도 없어요. 무척 힘드셨겠죠. 신뢰하는 사람을 떠나보내야 했을 테니까요. 심지어 한두 번도 아니었을 테고요……. 저라면 도저히 견디지 못했을 거예요. 라니를 잃는다니, 상상할 수도 없는걸요."

에리스도, 리플도 하이랄 메나스로서 오랜 세월을 살아왔다.

어쩌면 로슈폴과 아루루처럼 기사에게 마음을 허락했던 적이 있을지도 몰랐다.

하지만 그렇게 신뢰하는 동료들과 사별을 반복하면서 두 사람에게는 일종의 체념이 자리를 잡은 듯했다.

아직 소녀처럼 앳된 모습이 남아있는 아루루와 달리, 에리스와 리플에게서는 기나긴 세월과 경험이 느껴졌다. 겉모습은 별반 차이가 없었지만 감도는 분위기는 하늘과 땅 차이였다.

그래도 카랄리아 왕국의 국민을 지키기 위해 하이랄 메나스로서 노력해 온 것은 존경을 받아 마땅했다.

사람의 마음이란 망가지기 쉬운 것이다. 아무리 강하고, 늙지 않더라도 그 사실은 변하지 않는다.

하지만 두 사람은 꺾이지 않고, 망가지지 않고, 지상의 사람들을 위해서 참고 견뎌왔다.

하이랄 메나스는 인류를 지키는 수호신. 두 사람의 삶이 그것을 증명해 냈다고 말해도 과언이 아니었다.

잉그리스 그런 삶을 살 자신도 없고, 그럴 생각도 없었다. 하지만 진심으로 존경스러웠다.

잉그리스도 사명을 지키며 살다가 천수를 다하고 죽음을 맞이했다. 그리고 다시 태어나서 현재의 삶을 즐기고 있었다. 하지만 에리스와 리플은 잉그리스 왕보다도 오랜 세월 동안 하이랄 메나스로서 인류를 위해 봉사해 왔을 것이다.

"하이랄 메나스로서 애쓰신 두 분께 진심 어린 존경과 감사의 말씀을 드립니다."

잉그리스는 두 사람을 향해서 머리를 깊이 숙여 보였다.

그러고는 고개를 들어 웃는 얼굴로 손을 내밀었다.

"지금까지 정말 고생하셨어요. 이제 슬슬 마음의 짐을 내려놓아도 되지 않을까요? 제가 두 분과 함께하는 한, 더는 걱정하실 필요 없어요. 슬퍼할 필요도, 상처받을 필요도 없습니다. 지금부터 제가 그것을 증명해 보일 테니 아무것도 걱정하지 말고 제 손을 붙잡아 주세요. 라파엘 오라버니도, 두 분의 마음도 제가 전부 지켜드릴게요."

뚝. 뚝.

바닥에 눈물이 떨어져 내렸다. 하지만 그것은 방금 전까지 울고 있던 라피니아의 눈물이 아니었다.

"에리스……?!"

"앗……?! 미, 미안해……! 나도 참, 아직 싸움은 시작하지도 않았는데……!"

에리스는 허둥지둥 눈물을 닦으며 창피한 듯 뒤돌았다.

"어휴, 마음도 급하지. 뭐, 심정은 이해가 가. 나도 눈물이 나올 것 같거든."

리플도 눈가를 훔치며 잉그리스가 내민 손을 붙잡았다.

"잉그리스! 너한테 전부 맡길게……! 한번 해보자!"

"네, 리플 씨! 맡겨주세요……!"

맞잡은 두 사람의 손에서 황금색 빛이 흘러넘쳤다.

이윽고 황금빛 기둥이 리플의 몸을 뒤덮었고, 그 안에서 리플의 모습이 변화해 나갔다.

"자, 에리스 씨도."

"그래. 너한테 맡길게……! 꼭 지켜줘……! 모든 것을……!"

눈물을 보이는 것이 부끄러웠던 것일까.

에리스는 고개를 약간 숙인 채로, 그러나 힘 있게 잉그리스의 손을 움켜쥐었다.

그러자 에리스도 리플과 마찬가지로 황금빛으로 뒤덮여 변화하기 시작했다.

"엄청 눈부셔! 크리스……?! 괜찮은 거지?"

"괜찮아, 라니. 라파 오라버니를 잘 돌봐줘."

"알았어……! 이쪽은 걱정하지 말고 마음껏 날뛰고 와, 크리스!"

"물론이지! 이런 기회는 좀처럼 없는걸!"

씨익 웃어 보이는 잉그리스.

바로 그때, 잉그리스의 양쪽 허리에 황금색 칼집에 수납된 한 쌍의 검이 출현했다.

쌍검으로 변한 에리스였다.

우아한 빛깔과 고풍스러운 장식은 하이랄 메나스라는 이름에 모자람이 없었다.

그리고 허리 뒤쪽에는 두 개의 총구를 지닌 한 자루의 총이 매달려 있었다.

하이랄 메나스에 걸맞은 미려함과 중량감을 겸비한 총이었다.

잉그리스는 칼집에서 쌍검을 뽑아 상태를 확인해 보았다.

별처럼 아름답게 빛나는 칼날은 가볍게 휘두르자 허공에 은은한 궤적을 남겼다. 그 희미한 잔상에서조차 강력한 기운이 느껴졌다.

"굉장하네요. 이것이 바로 하이랄 메나스의 진정한 힘……!"

이렇게 거머쥐고 있는 것만으로도 차이를 알 수 있었다.

평범한 마인무구는 물론이고, 용린검마저도 이 무기에 비하면 애들용 장난감이었다.

물론, 용린검도 잉그리스의 에테르를 감당할 만큼 뛰어난 무기였다.

하지만 에리스와 리플은 격이 달랐다. 잉그리스의 에테르에 적응하는 것을 넘어 증폭시켜 되돌려 주고 있었다.

티파니에를 장착했을 때도 느꼈지만 자신의 힘이 자신의 것이 아닌 것처럼 느껴졌다.

이전에도 아루루가 로슈폴의 마나를 증폭시켜 더스티 에테르라는 형태로 변환시키는 일이 있었다. 그때와 비슷한 현상이 잉그리스에게도 일어나는 것이다.

에테르가 질적으로도, 양적으로도 강화되는 것이 느껴졌다. 디바인 나이트라는 틀을 넘어설 정도로.

이미 잉그리스는 반인반신이 아니라 7, 8할은 신이라 할 수 있는 존재가 되었다.

에테르마저 이 정도로 증폭시킬 줄이야. 굉장한 무기였다.

신들이 인간에게 하사한 무기라기보다는 신들이 사용하는 무기에 더 가까웠다.

궁극의 마인무구라는 말은 절대로 과장이 아니었다.

「괴, 굉장해……! 정말 굉장해! 생명력이 빠져나가는 느낌이 안 들어……! 정말로 부작용 없이 우리를 사용할 수 있을지도 몰라!」

에리스의 흥분한 목소리가 머릿속에서 울려 퍼졌다.

「나도 알겠어……! 이 상태라면 가능해……! 싸울 수 있어! 잉그리스! 마음껏 날뛰도록 해!」

리플의 목소리도 에리스처럼 흥분해 있었다.

"그럼……! 사양하지 않고 가겠습니다!"

잉그리스는 일단 쌍검을 칼집에 집어넣었다.

그리고 손가락을 세워 힘을 모으고 있는 프리즈마를 가리켰다.

"에테르 피어스!"

한 발이 아니었다. 연사였다.

첫 공격은 프리즈마에게 작은 상처를 입혔지만, 곧 통하지 않게 되었고, 마지막에 가서는 상처가 회복되어 버렸다.

하이랄 메나스로 증폭된 힘이 아니라 기본적인 에테르 공격이었다. 결과는 예상대로였다.

「내성……! 상처가 회복되어 버렸어.」

「신중하게 가자, 잉그리스!」

두 사람의 목소리가 머릿속에 울려 퍼졌다.

"네! 에테르 스트라이크!"

『에엑?! 어, 어째서……?!』

쿠고고오오오오오!

두 사람이 말릴 새도 없이 발사된 에테르 스트라이크가 프리즈마에게 직격했다.

에테르의 파장은 방금 쏜 에테르 피어스와 동일했다.

즉, 프리즈마의 상처가 순식간에 복구되기 시작했다.

그리고 결국에는 만전의 상태로 회복되고 말았다.

게다가 프리즈마가 공격을 준비하면서 발생하는 빛도 더욱 밝아져 버렸다.

이제는 똑바로 보는 것조차 힘들 정도였다.

"됐어!"

잉그리스가 만족한 얼굴로 고개를 끄덕였다.

「됐어는 무슨……! 뭘 어쩌려고 그래!」

「마음껏 날뛰라고 했지만 이런 뜻은 아니었는데?!」

당황하는 에리스와 리플의 목소리가 들려왔다.

"딱히 나쁜 의도는 없어요. 저쪽의 부상이 심각해 보여서 회복시켜 주었을 뿐이에요. 서로 만전의 상태가 아니면 공평하다고 할 수 없으니까요. 우리는 지금 3대 1의 상황이니 말이죠."

「아니, 지금 그런 말을 할 때가 아니잖아! 모두를 지켜준다고 하지 않았어?!」

「때와 장소를 생각하라는 말도 있잖아? 지금은 진지하게 임해야 할 때가 아닐까……?」

"물론 저는 진지합니다! 하지만 즐기지 않겠다고 한 적은 없어요……!"

「아아아아아! 그랬지, 얘는 이런 애였어……! 감동하는 게 아니었는데!」

「지, 진정해, 에리스. 지금부터 잘하면 되지! 자, 이제 제대로 하자!」

"우후후훗……!"

잉그리스는 즐겁게 웃으며 다시 쌍검을 뽑아 들었다.
언제든지 검을 휘두를 수 있도록 자세를 낮추는 잉그리스.
"자, 가끔은 만끽해 보자고요……! 궁극의 힘을 말이죠!"
그러자 잉그리스의 머릿속에서 목소리가 울려 퍼졌다.
「만끽할 생각 없어! 우리는 너처럼 전투광이 아니라고……!」
「나는 끝까지 함께할게, 잉그리스……! 보여주자! 궁극의 힘을!」
「어휴, 리플까지!」
「가끔은 나도 속 시원하게 프리즈마를 날려버리고 싶은걸! 에리스도 그렇잖아?」
「하, 하긴. 그게 가능하다면 더 바랄 게 없지……!」
"맡겨 주세요! 그럼 갑니다!"
바닥을 박차고 나아가는 잉그리스.
그런데 걸음을 내디딘 순간, 발밑에 빛의 고리가 생겨났다.
마치 수면에 파문이 이는 것처럼.
한 걸음, 두 걸음.
한 걸음을 내디딜 때마다 잉그리스의 모습이 깜빡이듯 소멸했다.
두 번째 파문은 프리즈마와의 중간 지점에 나타났다.
고작 두 걸음으로 이곳까지 도달한 것이다.
물론, 잉그리스가 물리적으로 두 걸음을 나아간 것은 아니었다.
그런데도 두 걸음 만에 이만한 거리를 이동했다.
하이랄 메나스와 융합한 잉그리스가 신의 영역으로 들어서면서 나타난 현상이었다.

신은 이 세상을 관조하고 있다. 그렇기에 마음만 먹으면 어디든 순식간에 이동할 수 있다.

신의 시점은 인간의 시점과 다르며, 신에게 있어 한 걸음이란 인간이 생각하는 한 걸음과 다르다.

아무런 의미도 없는 시선. 평범한 한 걸음.

이처럼 사소한 행동을 자신이 원하는 형태로 이 세상에 구현하는 것이 진정한 신이며, 에테르의 진정한 힘이다.

법칙을 새로 씀으로써 자신의 한 걸음을 무한히 빠르게, 또는 무한히 강하게 구현할 수 있는 것이다.

그것이 바로 만능. 에테르의 올바른 사용법.

에테르를 다루는 잉그리스의 평소 방식이 미숙한 힘 자랑에 불과하다는 뜻이었다.

다만 신이라고 이 모든 것이 가능하지는 않았고, 신마다 잘하는 분야와 못하는 분야가 있었다. 하이 에테르로 모든 것을 행할 수 있는 존재는 태초의 창세신뿐일 것이다……라고 여신 아리스티아가 말했다.

자신 또한 완전한 존재가 아니라고, 그렇기에 잉그리스의 도움이 필요하다고 아리스티아는 덧붙였다.

그리고 현재, 잉그리스도 에리스와 리플 덕분에 하이 에테르의 영역에 약간이나마 발을 들인 상태였다.

한 걸음이 열 걸음, 백 걸음, 천 걸음으로 변화하는 경지.

아니, 역량만 받쳐준다면 한없이 늘어나는 것이 신의 걸음걸이. 디바인 워크다.

세 걸음째. 잉그리스는 완전히 회복한 프리즈마의 등 뒤에 서 있었다.

"안녕하세요."

잉그리스가 인사를 건네자 프리즈마는 화들짝 놀라 뒤를 돌아보았다.

"……?!"

「어……?! 공간을 도약했어……?!」

「어라……?! 어느새 여기까지……?」

에리스와 리플도 디바인 워크를 이용한 움직임에 놀란 눈치였다.

"사라져……라……!"

한편 프리즈마는 회복된 날개를 움직여 상공으로 날아올랐다.

순식간에 작은 점처럼 작아졌을 정도로 엄청난 속도였다.

하늘 높이 올라간 프리즈마는 두 팔을 치켜들었다.

그러자 환하게 빛나던 프리즈마의 몸이 잠시 원래대로 되돌아왔다.

그리고 그 대신 프리즈마의 손바닥 위에 무시무시한 크기의 광탄이 생성되었다.

「뭐……?! 마, 말도 안 되는 공격을……!」

「아, 아르멘 마을이 통째로 들어가고도 남겠어……! 저런 걸 어떻게 막아……!」

광탄은 프리즈마와 동일한 빛깔을 띠고 있었다.

이 공격을 위해서 힘을 모으고 있었던 것이리라.

확실히 시간을 들여서 준비할 가치가 있는 공격이었다.

지금까지의 공격들과는 차원이 달랐다.

또 하나의 달. 추락하는 혜성. 이러한 표현이 어울릴 정도로 웅장한, 아니, 장엄한 광경이었다.

저 공격이 지상에 떨어졌다간 아르멘 마을은 흔적도 없이 사라지리라.

""으아…… 아아아아……?!""

""여, 여기까진가……? 달아날 곳 따윈……!""

""이, 이대로 무력하게 지켜보는 수밖에 없는 건가……!""

상식을 초월하는 규모의 공격에 압도되었는지 아르멘 마을 곳곳에서 절망적인 목소리가 들려왔다.

에리스와 리플마저 식겁했을 정도니 무리도 아니었다.

전장의 열기가 사그라들고 정적이 찾아왔다.

그 와중에 잉그리스 혼자만이 싱글벙글 웃으며 프리즈마가 만들어낸 초거대 광탄을 바라보고 있었다.

"아름답네요. 그리고 훌륭해요……. 살아있는 모든 것들을 제거해 버리겠다는 그 마음가짐. 바로 그거예요. 드디어 마석수로서의 긍지를 되찾아 주셨군요. 정말로 기쁩니다!"

「저, 저걸 보고도 잘도 웃음이 나오네! 기뻐할 때가 아니잖아?!」

「시, 심지어 저렇게 초롱초롱한 눈빛으로……!」

"실전만큼 좋은 수행은 없으니까요……! 상대가 강하면 강할수록 저도 더욱 강해지겠죠! 자, 옵니다!"

잉그리스의 말대로 프리즈마는 치켜든 두 손을 밑으로 휘둘렀다.

"받아라아아아아아아아아아!"

쿠구구구구구구구구구구구……!

프리즈마의 광탄이 추락하는 혜성처럼 지상을 향해 돌진해 왔다.

아직 충돌하지도 않았건만 공기가 진동하고, 대지가 흔들렸다.

이대로 모든 것이, 이 세상이 끝나버릴 것만 같은 광경이었다.

"그렇다면 저도……!"

잉그리스는 오른손으로 허리 뒤쪽에 매달려 있던 황금색의 총을 집었다.

그리고 방아쇠에 손가락을 얹으면서 광탄의 중심부로 총구를 향했다.

"정정당당하게 힘 대결로 승부해 드리겠어요……! 갑니다, 리플 씨!"

「응……! 이렇게 된 이상 온 힘을 다하는 수밖에! 저걸 막아낼 수 있을지는 모르겠지만…… 절대로 포기하지 않겠어! 본때를 보여주자, 잉그리스!」

드디어 궁극의 마인무구인 하이랄 메나스의 힘을 보여줄 때가

왔다.

"받아라아아아아아아앗!"

「받아라아아아아아아앗!」

쿠고고오오오오오오오오오오!

황금색의 총구에서 무시무시한 빛의 파도가 뿜어져 나왔다.

그 규모는 프리즈마의 광탄에 필적할 정도였다.

마치 하늘로 하늘을 거슬러 올라가는 한 마리의 용 같았다.

아름다운 빛을 흩뿌리며 밤하늘을 가로지르는 탄환은 머지않아 추락하는 혜성과 격돌했다.

치열한 힘겨루기가…… 발생하지도 않았다. 빛의 탄환은 단숨에 프리즈마의 광탄을 압도해 버렸다.

쿠고고오오오오오오오오오오!

속도도, 위력도, 소리도 전혀 줄어들지 않은 채 나아가는 빛의 탄환.

「어……?! 멈추지도 않는 거야……?! 대, 대단해……!」

「이, 이런 위력은 처음이야! 성기사 중 아무도 이렇게는……!」

에리스와 리플은 본인이 목격한 광경에 어안이 벙벙한 눈치였다.

하늘로 되돌아간 광탄은 무서운 속도로 프리즈마의 코끝을 스치고 지나갔다.

"우오오오오오……?!"

프리즈마도 자신을 지나쳐 간 광탄을 아연실색하며 쳐다보고 있었다.

이윽고 아득히 높은 하늘에 도달한 광탄과 빛의 탄환이 한꺼번에 폭발을 일으켰다.

파아아아아아아앗!

어마무시한 폭발이었다. 눈 부신 빛이 태양처럼 지상을 밝게 비추었다.

그리고 그 새하얀 광경 속에서 프리즈마는 목격했다. 자신을 향해 다가오는 한 명의 인간을.

"……?!"

"멋진 공격이었어요."

그 인간은 물론 잉그리스였다.

프리즈마의 어깨에 손을 척 얹으며 빙그레 미소 짓고 있었다.

디바인 워크를 이용하면 프리즈마가 있는 하늘로 이동하는 것쯤 식은 죽 먹기였다.

자신의 보폭이 하늘의 높이와 같아지도록 세상의 섭리를 다시 쓰는 것.

그것이 신의 영역에 도달한 자의 운신법이었다.

"그러면 마저 싸울까요……?"

마치 상대방에게 춤을 권하는 듯한 미소와 몸동작.

이곳이 무도회장이고, 상대가 평범한 남성이었다면 잉그리스라는 절세의 미소녀를 거절할 리가 없었다.

하지만 프리즈마는 넘어가지 않았다.

"다가오지…… 마……!"

프리즈마는 잉그리스를 뿌리치기 위해 빠른 속도로 하강했다.

프리즈마가 향하는 곳은 아르멘 마을의 방벽 위. 하지만 이미 그곳에는 잉그리스가 있었다.

잉그리스는 두 팔을 펼치며 프리즈마에게 멈추라는 제스처를 취했다.

"그 이상 다가오지 말아 주시겠어요? 그쪽이 접근하는 것만으로도 위험하거든요."

"……!"

프리즈마는 잉그리스가 있었던 하늘과 눈앞의 잉그리스를 번갈아 쳐다보았다. 상당히 당황한 듯 보였다.

그것을 두세 번 반복한 뒤, 프리즈마는 날개를 크게 펼쳤다.

우측 후방으로 날아가는 프리즈마. 소리는 나지 않았다. 소리를 두고 갈 정도로 빠르기 때문이었다.

순식간에 자리를 이탈한 프리즈마는 눈앞에 황금색 파문이 이는 것을 보았다. 그리고 잉그리스가 나타났다.

"……?!"

프리즈마는 잉그리스의 기척을 알아채고 흠칫 반응을 보였다.

"고맙습……."

잉그리스는 마을에서 멀리 벗어나 준 프리즈마에게 감사를 표하려 했다.

휘우우우웅!

하지만 프리즈마의 비행으로 발생한 굉음이 뒤늦게 찾아와 잉그리스의 목소리를 지워버렸다.

동시에 흙먼지가 피어올라 시야를 가렸다.

프리즈마는 그것을 기회 삼아서 급선회했다.

하지만 이번에도 잉그리스가 웃으며 기다리고 있었다.

"……빠르……!"

휘우우우웅!

그 프리즈마의 목소리도 자신이 일으킨 굉음에 지워져 버리고 말았다.

"네? 뭐라고 하셨나요?"

"우오오오오……!"

큰 소리로 울부짖은 프리즈마는 주위를 종횡무진 날아다니기 시작했다.

상하좌우, 사방팔방.

거구의 프리즈마가 음속을 넘는 속도로 이동하다 보니 주위에 살벌한 충격파가 몰아쳤다.

하지만 그 와중에도 잉그리스는 매번 프리즈마를 앞질러 갔다.

조용히. 태연하게. 한 걸음, 한 걸음이 프리즈마를 확실하게 옥죄어 왔다.

이윽고 프리즈마는 가쁜 숨을 몰아쉬며 움직임을 멈추었다.

"어째서……! 그렇게……! 조용하고…… 빠르게……?!"

프리즈마는 날아다닐 때마다 사방에 폭풍을 일으키고 있었다.

반면에 프리즈마를 앞지르는 잉그리스는 주변에 아무런 영향도 끼치지 않았다.
프리즈마는 그 점이 꺼림칙해서 참을 수가 없는 듯했다.
"저는 달리지도, 날아다니지도 않으니까요. 일단은 여자라서요. 조신하게 행동해야 되지 않겠어요?"
잉그리스는 부드럽기 그지없는 미소를 지어 보였다.
표정만 따지면 청순한 미소녀가 따로 없었다.
만약에 잉그리스가 프리즈마보다 빠른 속도로 이동했다면 당연히 더욱 강한 여파가 발생했을 것이다. 그것이 이 세상의 법칙이기 때문이다.
하지만 디바인 워크는 그 법칙에 구애되지 않았다.
잉그리스의 대답을 들은 프리즈마는 태도를 바꿔 마을을 향해 손바닥을 내밀었다.
"움직이지…… 마! 이번에는…… 정말로……!"
다시 한번 협박을 시도해 볼 생각인 듯했다.
안타깝게도 혼란에 빠진 나머지 이 방식으로 되돌아와 버린 모양이었다.
그래도 완전히 똑같지는 않았다. 이번에는 손으로 움켜쥐는 대신 원거리 공격을 감행할 생각인 듯했다. 하지만…….
"소용없어요."
잉그리스의 말이 끝나기가 무섭게 프리즈마의 오른팔에 수많은 선이 나타났다.

뒤이어 프리즈마의 오른팔은 그 빛나는 선을 따라서 산산조각이 나고 말았다.

“으아아아아아아……! 너…… 네가……!”

아직도 체념하지 못했는지 프리즈마는 왼쪽 손바닥을 마을로 향했다.

역시 얄팍한 지혜는 없느니만 못한 것이었다.

이런 잔꾀에 기대지 말고 마석수답게 최후의 순간까지 살의를 담아서 공격해 줬으면 좋으련만.

“죄송합니다. 그것도 소용없어요.”

이번에는 프리즈마의 왼팔이 조각조각 썰려 나갔다.

“크아아아아아아아아악?!”

프리즈마가 고통으로 몸을 뒤틀며 포효했다.

하지만 여기서 끝이 아니었다.

슈슈슈슈슈슈슈슉!

프리즈마의 뒤쪽에 있던 초원과 언덕, 멀리 떨어진 산들이 난도질을 당한 듯 엉망진창으로 변해버렸다. 산의 중턱이 비스듬히 잘려 나가 무너져 내리는 것이 보였다.

황금색의 쌍검을 휘둘러 생긴 여파였다.

“……굉장하네요, 에리스 씨! 상상 이상이에요……!”

잉그리스도 상당히 놀란 상태였다.

하이랄 메나스. 믿기지 않을 정도로 강력했다.

움켜쥐는 것만으로도 신의 영역에 발을 들일 수 있을 정도라니.

확실히 궁극의 힘이라고 할 만했다.

「으…… 아아……. 내, 내가 한 거라고? 전혀 몰랐어……! 안 믿겨……!」

정작 당사자는 상황 파악에 애를 먹는 듯했다.

하지만 가장 놀라고 당황한 것은 다른 누구도 아닌 프리즈마였다.

"무…… 무……! 무서워……! 이런 건…… 처음……!"

이 또한 인간과 비슷한 모습으로 변한 탓일지도 몰랐다.

몸을 떨면서 뒷걸음질을 치던 프리즈마는 곧 전속력으로 날아올랐다.

"기다려 주세요. 싸움은 아직 끝나지 않았어요."

잉그리스는 다시 한번 디바인 워크로 프리즈마를 앞질렀다.

"무서워어어!"

하지만 프리즈마는 잉그리스를 피해 고도를 높였다.

광란 상태에 빠져서 앞뒤가 보이지 않는 듯했다.

"진정하세요……! 우리 냉정하게 싸우죠……!"

재차 디바인 워크를 사용해 프리즈마의 위쪽으로 이동하는 잉그리스.

하지만 프리즈마는 잉그리스를 피해 무작정 고도를 높일 뿐이었다.

구름을 뚫고 올라가던 잉그리스는 문득 하늘 저편을 바라보았다. 먼 하늘에 무언가가 떠 있는 것이 보였다. 설마 하이랜드인가?

결국 이 높이까지 올라와 버린 것이다.

갑자기 상황이 안 좋게 돌아가기 시작했다.

하이랜드 측에서 이쪽을 알아챈다면 커다란 소동이 벌어질 것이다.

"무서워, 무서워, 무서워어어어어어!"

"괜찮아요, 진정하세요……! 이제 보이지 않는 공격은 자제할 테니까 밑으로 돌아가죠……!"

"으아아아아아아아아아아!"

그러나 프리즈마는 방향을 전환해 하이랜드가 있는 쪽으로 날아가 버렸다.

「하이랜드……?! 큰일이야, 멈춰야 해!」

「이, 이러다간 엄청난 사태가 벌어질 거야, 잉그리스……!」

"어쩔 수 없군요……!"

디바인 워크.

역시 실전만큼 좋은 수행은 없었다. 벌써 상당히 익숙해졌다.

하늘에 황금색의 파문이 퍼져나갔다.

순식간에 프리즈마의 머리 위에 출현한 잉그리스가 황금색의 쌍검을 높이 치켜들었다.

"하아아아아압!"

그러고는 쌍검의 자루로 프리즈마를 내리찍었다.

콰과아아아아아아아아앙!

엄청난 소리가 하늘 한복판에 울려 퍼졌다. 하이랜드까지 닿을 만한 굉음이었다.
프리즈마는 무서운 기세로 수직 낙하하기 시작했다.
순식간에 티끌처럼 작아져 버린 프리즈마.
다음 순간, 작아졌던 프리즈마의 모습이 다시 확대되었다.
프리즈마가 되돌아온 것이 아니라, 잉그리스가 디바인 워크를 사용해 프리즈마의 낙하지점으로 앞질러 간 것이다. 그 증거로 잉그리스의 발밑에는 파문이 나타나 있었다. 그렇게 도착한 장소는 아르멘 마을의 변두리였다.
쌍검을 칼집에 집어넣은 잉그리스는 황금색의 총을 꺼내 들고 총구를 하늘로 향했다.
굳이 정확하게 조준할 필요는 없었다. 적당히 밤하늘을 향해서 발사하면 충분했다.
왜냐하면 목표가 총구를 향해서 떨어지고 있기 때문이었다.
"편히 잠드세요!"
쿠고고고고오오오오오오오오오오오오오!
다시금 하늘을 향해 굽이쳐 올라가는 황금빛 용.
황금빛 파도에 삼켜진 프리즈마의 육체는 붕괴하기 시작했고, 고작 몇 초 만에 흔적도 없이 소멸해 버렸다.
그렇게 프리즈마가 사라지고 남은 것은 한 줄기 빛이 상승하는 아름다운 광경뿐이었다.
"다음 생에는 부디 긍지 높은 마석수로 태어나시길……."
잉그리스는 밤하늘을 향해 작별의 미소를 보냈다.

물론 그 미소에 대답할 존재는 어디에도 없었다.
그리고 잠시 후.
"……후우. 피곤하다."
잉그리스는 근처에 굴러다니는 바위에 등을 기대고 주저앉았다.
체력이 한계였다.
중상을 입은 상태에서 하이랄 메나스를 들고 싸웠으니 무리도 아니었다.
궁극의 힘을 만끽하며 싸울 수는 있었지만, 그래도 아쉬움이 남았다.
"싸움에는 이겼지만 승부에는…… 당신의 역량에 감탄했습니다."
잉그리스가 흔적도 없이 사라진 프리즈마를 향해 중얼거렸다.
잉그리스는 에리스와 리플을 단순한 무기로 여기지 않았다.
즉, 두 사람의 힘을 빌렸으니 3대 1의 싸움이었다는 것이다.
정정당당한 싸움이라는 느낌이 들지 않았다.
그래서 이런 식의 승부는 최대한 피하고 싶었건만.
그 전의 일대일 싸움에서는 솔직히 궁지에 몰렸었다.
역시 극한의 무에 이르기 위해서는 정정당당한 승부로 정점에 올라야 했다.
물론, 라피니아를 위해서라면 신념을 꺾는 것도 불사하겠지만.
어쨌든 아직 갈 길이 멀었다. 아무리 궁극의 힘을 만끽하고, 좋은 경험을 얻었다지만 씁쓸함이 남는 승리라는 사실에는 변함이

없었다.

하이랄 메나스 없이도 프리즈마를 격파할 수 있도록 더욱 수행에 매진해야 했다.

그때, 허리에 매달린 쌍검과 총이 황금색으로 빛나며 변화하기 시작했다.

에리스와 리플이 원래의 모습으로 돌아온 것이다.

"하하. 내가 이렇게 강했던가……? 본 적도 없는 기술이 발사되는 거 있지."

"맞아, 놀랐어. 프리즈마는 이제 흔적도 없이 사라졌네……."

"에리스 씨, 리플 씨. 고생하셨어요. 힘을 빌려주셔서 감사합니다."

잉그리스가 머리를 숙이자 두 사람도 만면에 미소를 지으며 대답했다.

"나야말로! 너무 잘해 줬어……!"

"고마워! 정말로 고마워, 잉그리스!"

리플은 흥분한 나머지 잉그리스에게 뛰어들었다.

하지만 잉그리스는 미처 받아내지 못하고 대자로 뻗어버렸다.

앉아있기도 괴로운 상태였다.

"아앗……! 괘, 괜찮아?!"

"괜찮아요……. 역시 좀 지쳤나 봐요……."

그때 누군가가 잉그리스의 머리를 살며시 들어 올렸다.

"에리스 씨?"

에리스가 잉그리스에게 무릎 베개를 해준 것이다.
"이 정도밖에 해줄 게 없지만, 편하게 쉬도록 해."
"네, 고맙습니다……."
갑작스럽게 몰려온 잠기운에 잉그리스는 눈을 감았다.
"잉그리스……?! 괘, 괜찮은 거지……?!"
리플은 황급히 잉그리스에 가슴에 귀를 대고 심장박동을 확인했다.
잉그리스가 하이랄 메나스에게 생명력을 빼앗긴 기색은 없었지만, 그것이 착각이었으면 어쩌나 하고 걱정이 되었다.
"걱정 마, 숨은 쉬고 있어……! 단지 잠들었을 뿐인가 봐."
에리스도 잉그리스의 호흡을 확인하고는 안도의 한숨을 내쉬었다.
"다행이다……. 이상하네, 잠든 얼굴을 보고 있으니 나까지 졸리기 시작했어."
"그, 그러게……. 나도……."
하이랄 메나스들도 피로를 느낀다. 다만, 두 사람은 이전에 경험한 적이 없을 정도로 지쳐 있었다.
잉그리스가 두 사람을 이용하여 구사한 공격들은 하나같이 초월적인 위력을 자랑했다. 그 영향일지도 몰랐다.
결국 에리스와 리플도 의식을 잃고 말았다.
잠시 후, 라피니아가 세 사람이 있는 곳으로 달려왔다.
"크리스! 에리스 씨, 리플 씨……!"

라피니아는 한데 뭉쳐 잠들어 있는 세 사람의 상태를 살폈다.
"다, 다행이다. 잠들어 있을 뿐인가 봐. 하지만……!"
한 가지 문제가 있었다.
"우오오오오오오오오오오!"
"프리즈마가 쓰러졌다! 이런 곳에서 죽을까 보냐!"
"그래! 이놈들만 물리치면 우리의 승리다!"
마을에서는 아직도 전투가 이어지고 있었다.
프리즈마는 소멸했지만, 프리즈마가 만들어 낸 마석수들은 여전히 건재했다.
결코 방심할 수 없는 상황이었다.
하지만 잉그리스도, 에리스도, 리플도 깊은 잠에 빠져서 일어날 기미가 없었다.
게다가 잉그리스가 기절시킨 라파엘도 깨어나지 못하고 있었다.
그렇다면 라피니아 자신이 다른 이들의 몫까지 싸우는 수밖에 없었다.
"크리스……! 언제나 고마워! 나머지는 내가 어떻게든 해볼게!"
라피니아는 잠들어 있는 잉그리스를 꽉 껴안은 뒤 아르멘 마을을 바라보았다.
그리고 전장으로 달려가려던 그 순간…….
불현듯 머리 위로 거대한 그림자가 드리웠다.
""""라피니아아아아아!""""
위쪽에서 라피니아를 부르는 목소리가 들려왔다. 귀에 익은 목소리였다.

"레오네! 리제롯테! 프람!"

고개를 든 라피니아는 거대한 용에 탑승한 세 사람을 발견했다.

"요, 용……?!"

용의 생김새는 신룡을 닮아있었다.

하지만 신룡 후페일베인은 하이랜더인 이벨에게 몸을 빼앗겨 하이랜드로 날아가 버렸다.

게다가 후페일베인에 비하면 몸집도 훨씬 작았다.

어른과 아이 정도의 차이였다.

"괜찮은 거야?! 멀리서 보니까 엄청나게 거대한 빛이 하늘로 올라가던데?!"

용이 라티의 목소리로 말했다.

"에에에에에엑?! 라티?!"

도대체 뭐가 어떻게 된 것일까.

"맞아, 그렇게 됐어! 전부 정리를 마치고 지금 막 날아온 참이야!"

"어, 어쩌다가 용으로 변했대……?! 아니지, 그것보다! 크리스가 여기 두 사람과 함께 프리즈마를 쓰러트려 줬어!"

"아까 보였던 거대한 빛이 그거였구나……!"

"마치 승천하는 용처럼 보였어요!"

"혹시 저희, 늦은 건가요……?"

"아니, 늦지 않았어! 세 사람 모두 지쳐서 잠들어 버렸거든! 마을을 봐봐! 아직 마석수들이 많이 남아있어! 얼른 쓰러트려야 해!

미안하지만 힘을 빌려줘!"

"그래, 알았어! 그리고 너도 등에 타라! 아직 더 태울 수 있거든!"

"고마워! 여기 세 사람도 부탁할게! 그리고 라파 오라버니도!"

"라파엘 님도?! 괜찮은 거야?! 설마 프리즈마의 공격으로……!"

"그, 그게…… 오라버니는, 저기…… 크리스가……."

"네?! 내, 내부 분열이라도 발생했나요……?!"

"어, 어쩔 수 없었어! 하여튼 서두르자! 고생해서 프리즈마까지 쓰러트렸으니까! 이제부터는 우리가 어떻게든 해야 해!"

"응, 물론이야! 아르멘 마을을 지켜줘서 고맙다는 말밖에 안 나올 정도야……! 늦었지만, 전력을 다해서 싸울게!"

레오네는 투지를 불태우며 고개를 끄덕여 보였다.

"기합이 단단히 들어갔네요, 레오네!"

"당연하지……! 이 마을에는 좋은 기억도, 나쁜 기억도 잔뜩 있지만 누가 뭐래도 내 고향인걸……! 조금이라도 도움이 되고 싶어! 레온 오라버니의 몫까지!"

레오네가 이렇게 말할 수 있는 것은 레온과 화해를 한 덕분일까. 라피니아는 자신의 추측이 사실이기를 기도했다.

"좋아! 그러면 출발하자, 얘들아!"

그렇게 라피니아 일행을 태운 라티는 전투가 벌어지는 아르멘 마을로 돌입했다.

카랄리아 왕국, 왕도 카이랄. 왕성.

산뜻한 아침 공기가 세상을 물들인 가운데, 객실의 문이 힘차게 열렸다.

"좋았어! 오늘도 잔뜩 먹어야지!"

라피니아가 씩씩하게 기지개를 켰다.

"그러자. 모처럼 왕성에 묵게 됐으니 본전을 뽑아야지."

잉그리스도 미소를 지으며 잉그리스에게 답했다.

왕성에서는 며칠에 걸쳐 연회가 개최되고 있었다. 프리즈마 격파를 축하하는 연회였다.

프리즈마의 부활은 국가의 중대사.

그리고 그 프리즈마를 완전하게 격파한 것은 역사에 남을 위업이었다.

전국의 왕후 귀족들이 축배를 들기 위해 왕도로 모였고, 덕분에 승리의 주역인 잉그리스와 라피니아는 연일 연회에 얼굴을 비쳐야 했다.

아카데미의 기숙사로 돌아갈 여유조차 없어서 며칠간 왕성의 객실을 빌려 생활고 있었다.

매번 똑같은 말로 상대방의 기분을 맞춰 주느라 피곤하긴 했지만, 연회의 진수성찬을 만끽하는 것은 전혀 피곤하지 않았다.

오늘은 고기를 먹을까, 생선을 먹을까. 어떤 음식을 위주로 공략해 볼까. 실로 행복한 고민의 연속이었다.

"좋은 아침. 오늘도 팔팔하구나."

객실을 나선 잉그리스와 라피니아는 머지않아 에리스와 마주쳤다.

두 사람을 기다리고 있었던 모양이다.

에리스는 평소와 다른 부드러운 미소로 두 사람을 반겨주었다.

""안녕히 주무셨어요.""

잉그리스와 라피니아도 웃으며 인사를 건넸다.

뒤이어 라피니아는 약간 놀랍다는 얼굴을 했다.

"에리스 씨, 벌써 사흘이나 여기서……. 크리스를 걱정해 주신거군요!"

"으, 으응……. 부상도 상당해 보였고, 무엇보다 우리를 사용해서 반동이 왔을까 봐."

"고맙습니다, 에리스 씨. 하지만 보시다시피 전 이렇게 건강해요. 후유증도 전혀 없고요. 안심하세요."

"알고는 있지만……. 그래도 자꾸 신경이 쓰여서……. 미안해, 민폐를 끼쳤네."

"민폐라뇨. 전혀……."

잉그리스가 부정하려 했지만, 라피니아가 먼저 앞으로 나섰다.

"전혀 그렇지 않아요! 저, 매일 아침 에리스 씨의 얼굴을 볼 수 있어서 기쁜걸요!"

"그, 그래?"

라피니아의 기운찬 대답에 에리스는 약간 당황한 듯했다.
"그럼요! 에리스 씨는 원래부터 미인이지만, 최근에는 표정도 밝아진 느낌이 들어요. 괜히 저까지 기쁜 거 있죠."
잉그리스에게는 라피니아의 해맑은 미소가 그 무엇보다 눈부셔 보였다.
천진난만한 것 같으면서도 착실하게 사람을 보고 있었다. 그렇기에 사람들은 자연스럽게 라피니아에게 끌리는 것이다.
역시 잉그리스의 자랑스러운 손녀딸이었다.
"에리스 씨, 저도 라니와 같은 생각이에요."
"저, 정말? 고마워."
빈말이 아니었다. 실제로 에리스는 이전보다 웃는 모습이 늘어났다.
"좋아, 그러면 서둘러 친구들과 합류하자!"
"그래, 그러자."
레오네 일행은 기숙사에서 묵고 있었지만, 오늘은 왕성에서 열리는 연회에 참가할 예정이었다.
알카드에서 전투를 치른 레오네 일행은 아르멘 마을에서 전투가 벌어질 것 같다는 레온의 말을 듣고 곧바로 달려왔다고 한다.
그리고 남아있던 마석수들을 소탕하는 과정에서 눈부신 활약을 했다는 모양이었다. 그 전공을 인정받아 오늘 연회에 초대된 것이다.
프리즈마를 격파한 공적은 잉그리스와 두 명의 하이랄 메나스,

그리고 지휘관이었던 라피니아에게 돌아갔다.

마지막으로 마석수를 가장 많이 쓰러트린 공적은 라파엘에게 돌아갔다.

공적이 적절히 분산되었으니 라파엘이나 에리스, 리플의 입장이 곤란해지는 일은 없을 것이다.

혼자만의 힘으로 프리즈마를 쓰러트리고 싶었던 잉그리스가 하이랄 메나스를 사용하게 된 것은 예상 밖의 일이었지만, 사후 처리에 한해서는 오히려 잘된 일일지도 몰랐다.

또한 레오네, 리제롯테, 라티, 프람을 비롯한 기사 아카데미의 학생들도 커다란 활약을 인정받은 모양이었다. 물론 이들을 지휘하던 밀리에라와 실바, 유아도 마찬가지였다.

레오네는 아르멘 마을을 지켜낸 것만으로도 만족한 눈치다. 하지만 중요한 것은 라티의 행보였다.

알카드의 상황을 방치하고 이곳까지 오기 위해서 반대가 많았을 것이다. 그런데도 이곳에 와서 공적을 세운 것은 정치적으로 큰 수확이었다.

알카드가 카랄리아에 성의를 표한 것으로 해석될 수 있기 때문이었다.

앞으로 두 나라 간에는 이후의 관계에 관한 논의가 이루어질 것이다.

적어도 이 상황을 온건하게 해결하고 싶은 세력에게는 라티의 행동과 공적이 좋은 근거로 작용할 것이다. 알카드가 적대적인 태도를 버리고 프리즈마와의 결전에 협력해 주었다고.

알카드를 선처해 주는 방향으로 논의가 진행될 가능성이 커진 셈이다.

라티가 거기까지 생각하고 레오네 일행을 이곳까지 데려왔는지는 불명이지만…….

어찌 됐든 상황이 좋은 방향으로 흘러가고 있다고 말할 수 있을 것이다.

"에리스 씨, 연회장에서 또 뵐게요."

"그래. 오늘도 마음껏 즐기도록 해. 매일같이 그렇게 먹는데도 멀쩡한 걸 보면 신기하다니까."

"앗, 맞다! 에리스 씨, 저한테 좋은 생각이 있어요!"

라피니아가 눈을 반짝이며 손뼉을 쳤다.

"응?"

"무슨 생각인데, 라니?"

"에리스 씨는 연회에 출석할 때마다 매번 그 차림으로 오시잖아요! 이번에는 저희처럼 드레스를 입어보지 않으실래요?!"

라피니아의 지적대로였다. 잉그리스와 라피니아는 연회에 참석할 때 드레스를 입지만, 에리스는 언제나 평상시와 같은 복장으로 참석했다.

기사복이거니와, 복장 자체도 고급스러워서 딱히 문제 될 것은 없었다. 그렇지만 가끔은 다른 모습의 에리스를 보고 싶다는 라피니아의 심정도 이해가 갔다.

"뭐어?! 돼, 됐어. 하이랄 메나스한테 그런 화려한 복장은……."

"하이랄 메나스기 전에 여자잖아요! 여자라면 꾸밀 줄도 알아야죠! 저, 에리스 씨가 드레스를 입은 모습을 보고 싶어요! 분명 크리스한테 뒤지지 않을 만큼 예쁠 거예요……! 틀림없어요!"

라피니아의 눈동자가 점점 더 초롱초롱해졌다.

"그, 그래도. 구경거리가 되는 건 싫은데……."

"아뇨, 에리스 씨. 자신을 꾸미는 건 남들에게 보여주기 위해서가 아니라 스스로 즐기기 위함이에요! 그래서 저도 꾸미는 걸 좋아하는 거고요. 같이 입어보러 가지 않으실래요?"

"……으, 으음……."

고민하는 모습을 보이는 에리스.

보아하니 아예 관심이 없지는 않은 모양이었다.

잉그리스는 등을 떠밀듯이 덧붙였다.

"하이랄 메나스도 가끔은 휴식이 필요하다고 생각해요. 적어도 제가 이렇게 살아있는 한은요."

"……그래, 알았어. 네가 그렇게 말한다면야."

"얏호! 잘했어, 크리스! 그러면 레오네랑 합류해서 드레스를 맞추러 가자!"

"지금……?! 자, 잠깐만!"

"쇠뿔은 단김에 빼라는 말도 있잖아요. 서두르죠!"

잉그리스는 에리스의 손을 붙잡고 왕궁의 복도를 달려나갔다.

그리고 얼마 후. 연회를 앞둔 왕성의 준비실.

“이, 이런 모습…… 리플한테는 도저히 못 보여주겠네…….”
짙은 파란색의 드레스를 입은 에리스가 전신 거울 앞에 서 있었다.
드레스를 골라준 것도, 꽃장식을 꽂아서 머리카락을 묶어준 것도 전부 라피니아였다.
“와~♪ 역시 크리스한테도 밀리지 않네요, 에리스 씨♪ 뭐랄까, 기품이 흘러넘친달까? 성에 사는 공주님 같아요.”
“정말 그렇네…….”
“눈을 떼지 못하겠어요…….”
레오네와 리제롯테도 드레스를 입은 에리스에게 동경의 눈빛을 보냈다.
에리스의 생김새는 두 사람보다 조금 더 연상에 가까웠다.
어른 여성의 매력을 풍기는 에리스는 두 사람의 동경이 되기에 충분했다.
옆에서 그 모습을 지켜보던 잉그리스는 흐뭇하게 미소 지었다.
그리고 전신 거울에 비치는 자신의 모습 또한 만족스러웠다. 오늘도 나무랄 데가 없었다.
“고, 고마워. 너도 머리를 묶는 솜씨가 굉장히 능숙하더라.”
“네! 크리스의 머리로 엄청 연습했거든요! 그래도 아쉽다. 이렇게 예쁜데 리플 씨한테 보여줄 수가 없다니.”
“아니, 괜찮아……. 오늘 일은 비밀로 해줘. 분명히 날 놀려댈 거야.”

리플은 전투의 뒤처리를 하느라 아직 왕성으로 귀환하지 않은 상태였다.

내일은 돌아온다고 들었으나, 아쉽게도 연회 날짜와 살짝 엇갈리고 말았다.

"어? 뭐라고~? 날 불렀어?"

그런데 그때, 준비실의 문이 열리며 리플이 고개를 내밀었다.

"리, 리플?! 내일 돌아온다고 들었는데……?"

"어쩌다 보니 일찍 끝났어~. 생각보다 피해가 적었거든. 다들 이곳에 있다길래 와봤는데…… 우오오오오옷?! 어, 어떻게 된 거야, 에리스……?! 에리스가 드레스를 입다니?!"

"그, 그냥. 이 애들이 권하길래……."

"오오! 나쁘지 않은데! 잘 어울려, 에리스!"

리플은 생글생글 웃으며 다가와 에리스의 몸 곳곳을 두드렸다.

"가끔은 이런 것도 괜찮네. 하긴, 프리즈마를 쓰러트리고 기뻐할 수 있는 건 이번이 처음이니까……! 그래도 에리스가 나보다 먼저 풀어져 버린 건 예상 밖인걸~. 평소의 에리스였으면 분명 화냈겠지? 들떠있을 때가 아니라면서 말이야."

"뭐, 뭐 어때……! 오늘은 특별한 날인걸! 정말로 특별한 일이 벌어졌잖아……!"

"하긴, 그렇지. 그래도 성실하고 고지식한 나는 이 복장으로 참가해야지~. 아아, 나도 귀여운 차림으로 파티를 즐기고 싶었는데. 아쉽다."

리플이 어깨를 으쓱이며 말하자, 에리스가 사악한 미소를 지어 보였다.

"그으래……? 들었지? 원하는 대로 해줘!"

"네!"

라피니아가 해맑게 웃으며 리플을 붙잡았다.

"자, 리플 씨! 이쪽으로 오세요……! 갈아입는 거 도와드릴게요!"

"어, 어어……? 라, 라피니아?"

"이런 일도 있지 않을까 해서 네 의상도 준비해 놓았거든!"

"라니한테 전부 맡기세요, 리플 씨. 금방 즐거워질 거예요."

"꼬리에 리본을 장식해도 괜찮을까요? 분명 귀여울걸요……!"

"히…… 히익?! 가, 간지러워, 라피니아……!"

"참으세요! 멋을 부리려면 참을 줄도 알아야 해요!"

그리고 잠시 후.

"와~♪ 리플 씨, 귀엽다~♪"

리플의 드레스는 밝은 주황색이었다. 귀와 꼬리는 귀여운 리본으로 장식되어 있었다.

에리스가 어른스러운 분위기를 물씬 풍기는 스타일이라면, 리플은 쾌활하고 애교 넘치는 스타일이었다. 양쪽 모두 매력적이었다.

"그, 그래……? 부자연스럽지 않아? 드레스를 입어본 적이 거의 없어서……. 신선하기는 한데 왠지 불안하네……."

"걱정 마세요. 잘 어울리니까요."

"잉그리스의 말대로예요!"

"맞아요!"

잉그리스가 리플을 격려하자 레오네와 리제롯테도 동의를 표했다.

"그, 그래……?"

"어울리는 것 같아, 리플. 이렇게 된 이상 오늘은 각오를 다지는 편이 좋겠어."

"아하하. 에리스한테 이런 말을 듣는 날이 오다니~."

애교가 가득 담긴 미소를 지어 보인 리플은 잉그리스의 팔을 꽉 움켜쥐었다.

"고마워, 잉그리스. 네 덕분에 오늘 하루는 즐겁게 지낼 수 있겠어!"

"리플 말대로야. 이런 날이 찾아오게 될 줄은 정말 몰랐어. 고마워……. 그러면 가볼까?"

"네! 같이 연회장의 음식을 남김없이 먹어치워 버리죠……!"

잉그리스가 눈을 반짝이며 외쳤다.

"우리는 그렇게 못 먹어……!"

"먹는 건 라피니아하고 둘이서만 해줘……."

잉그리스는 에리스와 리플을 좌우에 끼고 준비실 밖으로 나섰다.

◆◇◆

그로부터 한 달이 지난 어느 날.

잉그리스와 라피니아는 스타 프린세스호를 타고 어디론가 날아가고 있었다. 푸른 하늘과 초원이 기분 좋은 풍경을 자아냈다.

이윽고 지평선 너머로 성채 도시 유미르의 방벽이 보이기 시작했다. 방벽 너머로는 다양한 건물들이 늘어서 있었다.

"우와아~! 보인다! 보이기 시작했어, 크리스……! 엄청 그리운걸~♪"

"나도 그래, 라니. 이렇게 하늘에서 유미르를 보는 게 처음이라서 그런지 왠지 신선하네."

"맞아, 맞아! 아아~! 몇 달밖에 지나지 않았는데 몇 년 만에 찾아오는 기분이야!"

"많은 일을 겪었으니까. 프리즈마와도 싸웠고 말이야. 좋은 경험이었지?"

"어휴, 그건 떠올리기도 싫어……! 그래도 유미르로 돌아오니 마음이 놓이는 기분이야! 역시 우리 집만큼 편한 곳이 없다니까!"

"아하하. 그러게. 가끔은 푹 쉬는 것도 괜찮겠어. 요즘 주변이 좀 소란스러웠잖아."

잉그리스와 라피니아가 유미르로 돌아온 것은 기사 아카데미가 방학을 맞이했기 때문이었다.

예정된 방학이기는 했지만, 방학을 맞이하기 전까지는 주변이 여러모로 소란스러웠다.

프리즈마를 격파한 역사적 사건의 주역인 잉그리스와 라피니아는 왕도에서 완전히 유명인이 되어버렸다.

아마도 국내에서 두 사람의 이름을 모르는 사람은 이제 없을 것이다.

라파엘과 성기사단의 명예를 실추시키지 않기 위해서는 어쩔 수 없는 선택이었지만, 그래도 앞날이 살짝 불안한 것은 사실이었다.

근위기사단장직은 어디까지나 임시로 맡은 것이라고 강하게 주장했기 때문에 정치, 군사적으로 전면에 나설 일은 없을 것이다. 기사 아카데미에서 학생 신분으로 지내는 데도 큰 지장은 없을 것이다.

이것도 잉그리스를 이해해 주는 칼리아스 국왕과 전 근위기사단장인 레더스의 선처 덕분이었다. 하지만 뒤집어 말하면 자연스러운 상황은 아니라는 뜻이었다. 앞으로 어떻게 흘러갈지 미지수였다.

“하긴. 그러면 서두르자. 얼른 가서 쉬어야지! 가속 모드!”

“알았어, 알았어. 그럼 밟는다!”

한층 더 가속하는 스타 프린세스호. 그렇게 두 사람은 얼마 지나지 않아 빌포드 후작가에 도착했다.

정원에서는 이미 세레나와 이리나가 두 사람을 기다리고 있었다. 날아오는 스타 프린세스호를 멀리서 발견한 모양이었다.

“크리스!”

"라피니아!"

""어머니!""

그러나 환한 미소를 지으며 감격의 상봉을 하기도 잠시.

""그런데 어머니……. ""

잉그리스와 라피니아는 한 가지 신경이 쓰이는 점이 있었다.

"손에 들고 계신 게 뭔가요?"

"이거 말이니?"

에레나와 이리나는 수십 묶음에 달하는 책자를 들고 있었다.

"아아……."

"이건 말이지……."

이윽고 두 어머니는 만면에 미소를 지으며 말했다.

""맞선 신청서란다! 이렇게나 잔뜩 받았지 뭐니!""

"네……?!"

"우와! 누구? 누군데요?!"

표정을 구기는 잉그리스와 두 눈을 반짝이는 라피니아. 그야말로 정반대의 반응이었다.

## 번외편 ◆ 새로운 장비

며칠에 걸친 왕성의 연회가 일단락된 어느 날 아침.

잉그리스 일행은 오늘부터 기사 아카데미 수업에 복귀하게 되었다.

이렇게 교복을 입는 것도 오랜만이었다.

"오랜만에 식당에서 밥을 먹어서 그런가. 드디어 돌아왔다는 느낌이 드네!"

"응. 왕궁 요리도 맛있었지만, 아카데미 식당의 요리도 나쁘지 않았어."

"식당 아주머니의 바쁜 모습을 보는 것도 오랜만이네……."

"그리운 일상의 풍경이네요. 두 분이 식사하는 모습을 보고 아침부터 속이 더부룩한 것까지요……."

활짝 웃는 잉그리스와 라피니아.

그리고 낮은 소리로 신음하는 레오네와 리제롯테.

"어디를 가도 먹는 건 똑같지 않나……."

"그래도 평화를 되찾은 느낌이 들어서 기뻤어요."

라티는 한숨을 내쉬었고, 프람은 미소 지었다.

두 사람은 조만간 알카드와 카랄리아의 회담에 동석할 예정이었기에 아직 왕도에 남아있었다.

하지만 모든 일을 마치면 알카드로 돌아가게 되리라.

"그러게……. 엄청 그리운 기분이 들어. 많은 일이 있었으니."

라티와 프람이 숙연한 분위기를 내자 라피니아가 두 사람의 등을 팡팡 두드렸다.

"모처럼 모두가 한자리에 모였으니 기운 내자! 오늘은 아침부터 특별 집회가 있댔지? 즐거운 일이 기다리고 있을 거야, 분명!"

"글쎄다. 또 터무니없는 훈련이 시작되는 거 아냐?"

"으으…… 플라이 기어 도크까지 달리는 건 이제 지긋지긋해요."

"초심으로 돌아가서 기초 훈련을 쌓는 것도 나쁘지 않겠네. 참, 라티. 달리게 되면 용으로 변신해서 내 등에 업혀주지 않을래? 무게가 나가는 물건이 필요했거든."

초중력에 용의 무게가 더해지면 괜찮은 훈련이 될 듯했다.

"싫거든! 창피하게 무슨 짓이래! 어차피 변신할 거라면 너와 경주해서 이겨주겠어! 마지막으로 한 번쯤은 내가 이겨도 나쁠 거 없잖아?"

"재밌겠는걸. 그러면 승부하기다?"

"그래. 해보자 이거야……!"

두런두런 대화를 나누며 집합 장소인 교정에 도착한 잉그리스 일행.

"여러분~! 좋은 아침이에요♪"

교정에서는 밀리에라 교장이 만면에 미소를 지으며 학생들을 기다리고 있었다.

"오늘은 다 같이 왕성에 갈 거예요!"

"""왕성에……?"""

"""내부를 견학시켜 주시는 건가?""

"""잘하면 국왕 폐하를 만나 뵐 수 있을지도……!""

아카데미의 학생들이 웅성거렸다.

"아뇨, 아뇨! 그런 것보다 훨씬 더 좋은 일이랍니다! 후후후♪"

밀리에라 교장의 눈이 반짝반짝 빛나고 있었다. 표정과 말투를 보아하니 상당히 흥분한 상태인 듯했다.

다만, 칼리아스 국왕과의 면회를 '그런 것'이라고 표현하는 것은 문제의 소지가 있어 보였다.

"교장 선생님, 좋은 일이란 게 뭔가요?"

"실은, 기사 아카데미에 새로운 장비가 들어왔거든요!"

"""장비?""

"네! 그러면 출발해 볼까요!"

참고로 라티와 잉그리스는 누가 먼저 왕성까지 가는지로 경주를 벌였고, 잉그리스가 승리했다.

그리고…….

"""오오오오!""

"""이, 이게 아카데미의 새로운 장비……?!""

학생들이 환성을 내질렀다.

그 장비란 왕성을 둘러싼 수로에 불시착한 비행전함이었다.

베네픽군의 로슈폴 장군이 왕도를 급습할 때 끌고 왔던 기체였다.

잉그리스가 공격해서 수로에 추락시켰던 것이다.

"맞아요! 베네픽군으로부터 노획한 전함을 기사 아카데미에서 수리해 사용해도 된다는 허락을 받았어요! 우후후후♪ 이것만 있으면 할 수 있는 게 얼마나 많은데요. 줄곧 가지고 싶었어요, 하이랜드의 비행전함!"

밀리에라는 행복한 얼굴로 잉그리스의 두 손을 잡고 마구 흔들었다.

"완전히 파괴하지 않고 노획해 주셔서 고마워요, 잉그리스 양! 덕분에 아카데미의 설비가 탄탄해졌어요!"

완전히 마음에 든 장난감을 손에 넣은 꼬마였다.

"아하하. 저도 비행전함의 기술에 관심이 있었으니 잘됐네요. 그런데 비행전함이 용케 기사 아카데미로 넘어왔네요. 전함을 원하는 세력이 많았을 텐데……."

성기사단과 근위기사단에 배치해도 되고, 다른 대귀족이 거느리는 기사단에서도 충분히 군침을 흘릴 만했다. 굉장히 강력한 전력이라는 사실은 분명했다.

"이번 전투에서 가장 많은 공적을 세운 건 잉그리스 양이니까요. 그 잉그리스 양의 소속도 기사 아카데미고 말이죠. 식당의 밥을 공짜로 제공한 보람이 있었네요!"

"그렇군요. 상부상조한 셈이네요."

"맞아요, 후후후. 게다가 정식으로 군대에 편입해 버리면 베네픽이나 하이랜드의 따가운 눈총을 받아야 하니까요. 아카데미는 타국에서 유학생을 받고 있으니 카랄리아만을 위한 조치가 아니라고 잡아뗄 수도 있어요."

일리가 있었다. 무슨 일이든 명목이 중요했다.

타국의 침략을 막아내고, 부활한 프리즈마를 격퇴한다고 끝이 아니었다. 현실은 그 뒤로도 계속 이어지는 것이다.

"게다가…… 이 전함을 잘 고쳐서 운용하면 여러 방면에서 활약할 수 있을 거예요. 사실은 이거, 역사적인 사건일지도 몰라요."

"역사적인 사건인가요. 뭐, 저는 이 전함이 수리되면 전 세계의 프리즈마를 찾아다니고 싶네요. 일종의 무사 수행인 셈이죠."

잉그리스의 눈도 밀리에라 교장에 지지 않을 정도로 반짝이고 있었다.

"와, 와아. 세계 평화가 멀지 않았군요."

"시, 싫어! 나까지 데려가려는 거지……?!"

"분명히 즐거울 거야."

"즐겁지 않거든? 무섭거든? 그보다 교장 선생님! 전함에 새겨진 베네픽군의 문장은 어떻게 하실 건가요? 덧칠해서 지우실 거죠?"

라피니아의 눈도 다른 의미로 반짝이고 있었다.

"아, 네. 그래야겠죠? 도색도 해야 하고."

"야호! 들었어, 프람……?! 색깔을 입혀도 된대!"

"와……! 저렇게 커다란 배를요? 다양한 그림을 그릴 수 있겠네요!"

스타 프린세스호를 핑크색으로 도색한 범인들이 기쁜 얼굴로 범행을 모의하고 있었다.

"…………."

마음대로 칠해도 된다고 말한 사람은 아무도 없건만.

"마지막 추억으로 귀엽게 꾸며보자!"

"네, 라피니아! 평생의 기념으로 삼을게요!"

저렇게까지 말하면 잉그리스로서는 말리기 어려웠다.

라피니아가 원한다면 반대할 생각도 없거니와, 애초에 가능하지도 않았다.

외장은 두 사람에게 맡기고, 내부 인테리어만이라도 마음대로 할 수 있으면 충분했다.

"이, 잉그리스 양. 말려 주세요."

"저로서는 무리예요."

밀리에라 교장이 소매를 잡아당겼지만, 잉그리스는 눈을 감고 고개를 가로저었다.

할아버지란 생물은 귀여운 손녀의 고집을 거스르지 못하는 법이다.

"이, 일단은 진정하세요. 라피니아 양, 프람 양. 오늘은 볼트 호수로 전함을 운반해야 하니……."

바로 그때, 어디선가 학생들을 부르는 목소리가 들려왔다.

"반갑다, 기사 아카데미 제군. 이렇게 모였으니 곧바로 작업을 진행해 보실까? 꾸물대다가는 날이 저물 거다."

들어본 적이 있는 목소리였다.

잉그리스가 고개를 돌리자 예상대로 붉은 머리의 청년이 모습을 드러냈다.

하지만 복장이 이전과 달랐다. 베네픽군의 군복이 아닌, 기사 아카데미의 교관복을 착용하고 있었다.

그리고 그 옆에는 고양이 귀와 꼬리를 가진 장발의 수인종 소녀가 서 있었다.

몹시 조용하고 얌전한 인상의 소녀였다.

그 소녀도 마찬가지로 기사 아카데미의 교관용 복장을 입고 있었다.

"로슈폴 씨?!"

"아루루 씨?!"

잉그리스가 화들짝 놀라서 소리치자 로슈폴은 씨익 웃으며 답했다.

"크크큭. 거기 여학생 두 명. 교관 모욕죄로 감점이다."

""앗……!""

"로, 로스…… 그러지 마요. 저분들이 놀라는 것도 무리가 아닌걸요."

아루루가 쓴웃음을 지으며 로슈폴을 말렸다.

"로슈폴…… 아루루…… 분명히 어디선가 들어본 이름인데."

"잉그리스와 라피니아의 이야기에 등장했던 베네픽군의 성기사와 하이랄 메나스예요……!"

""뭐어어어?!""

레오네와 리제롯테의 말에 주변 학생들이 놀라서 소리쳤다.

"마, 맞아요……! 두 분은 오늘부터 기사 아카데미의 임시 교관을 맡게 되었습니다. 너무 걱정 마세요! 국왕 폐하로부터 정식으로 명령을 받았고, 웨인 왕자님도 찬성해 주셨거든요. 저도 사전에 면담을 진행했고요."

밀리에라가 두 사람의 부임을 학생들에게 납득시키려 애썼다.

하지만 로슈폴은 학생들의 반응에도 아랑곳하지 않고 과장되게 인사를 건넸다.

"잘 부탁한다, 제군. 뭐, 살아남아 버렸으니 어쩔 수 없지. 먹고살기 위해 이곳에서 생활비를 벌 예정이다."

"열심히 하겠습니다. 잘 부탁드립니다!"

로슈폴에 이어 아루루도 정중하게 인사를 건넸다.

목소리도, 행동거지도 몹시 청순했다. 악의라 할만한 것이 전혀 느껴지지 않았다.

이번 채용은 잉그리스가 보기에도 상당히 대담했다. 반대하는 자들도 많았을 테지만, 칼리아스 국왕이 이들의 목소리를 잠재웠을 것이다.

하지만 인간의 본질을 잘 꿰뚫어 본 결정이라는 생각이 들었다.

아루루는 굉장히 선량한 인물이다. 그리고 로슈폴은 그런 아루루를 위해서 사는 인간이었다.

선불리 의심해서 멀리 떨어트려 놓는 것보다는 두 사람을 함께 아군으로 끌어들이는 편이 훨씬 이득이었다.

그리고 이 두 사람을 기사 아카데미에 배치한 것도 비행전함과 비슷한 이유였다. 베네픽과 하이랜드의 교주련 측에 대립각을 세우지 않기 위해서였다.

특히 하이랄 메나스인 아루루의 중요성은 비행전함보다 더하면 더했지, 덜하지는 않았다.

단, 여기까지는 대외적인 명분이고, 카랄리아 국왕에게는 또 하나의 명분이 있었다.

잉그리스는 두 사람과 다시 한번 싸우고 싶다고 국왕에게 부탁한 적이 있었다.

그래서 부탁을 들어준 것이다. 교관으로 부임시키면 언제든지 싸울 수 있을 테니까.

대신에 문제가 생기지 않도록 책임을 지라는 뜻이기도 했다.

잉그리스에게는 이번 부임이 칼리아스 국왕이 자신에게 보내는 포상으로밖에 보이지 않았다.

사람의 마음을 헤아릴 줄 아는 멋진 왕이었다.

"로슈폴 선생님! 아루루 선생님! 저는 두 분을 환영합니다! 자, 그러면 곧바로 전투 훈련을 시작해 볼까요! 가능하다면 두 분이 함께 지도해 주세요!"

잉그리스가 두 사람의 앞으로 걸어 나왔다.

기대감으로 가득 찬 눈빛을 하고서.

"어? 응……? 하, 하지만 오늘은 배를 옮기는 작업이 있는걸요……?"

아루루가 곤란한 표정으로 말했다.

"아루루의 말대로다. 싸움질 할 여유가 없다고, 우리는."

"작업이 일찍 끝나면 전투 훈련을 시켜주실 건가요?!"

"아직 수업 시간이라면 말이지. 방과 후 수업은 사양이야."

"알겠습니다! 당장 시작할게요……!"

잉그리스는 그렇게 말하며 아루루에게 손을 내밀었다.

"아루루 선생님, 도와주시겠어요?"

"아, 알겠어요……. 제가 뭘 하면 될까요?"

"네. 잠시 무기로 변해주시면 고맙겠어요."

잉그리스가 검지를 세우며 말했다.

"네에에?! 벼, 변신은 함부로 하는 게 아니에요……! 잉그리스 씨도 잘 알고 계시잖아요……?"

당황하는 아루루에게 잉그리스는 귓속말로 속삭였다.

"알죠. 하지만 저는 아루루 선생님을 사용해도 멀쩡하거든요. 하이랄 메나스 분들하고 프리즈마를 쓰러트렸는데도 보다시피 멀쩡해요."

"이, 일단은 저도 듣기는 했지만……."

"부탁드릴게요! 작업을 빨리 끝내려면 꼭 필요해서요! 절대로 실망하지 않을 거예요!"

"그, 그래도……."

아루루는 도움을 바라는 눈으로 로슈폴을 쳐다보았다.

"괜찮지 않겠어? 학생의 자주성을 길러주는 것이 교사의 임무잖아. 이 무투파 계집애한테 무슨 말을 해봤자 소용없으니 마음대로 하게 해주라는 건 절대로 아니고."

"아하하……."

쓴웃음을 짓는 아루루. 라피니아는 그 모습을 보며 신음을 흘렸다.

"주먹을 맞대면 마음의 대화를 나눌 수 있다는 게 사실이었구나……. 로슈폴 선생님, 크리스에 대한 이해력이 상당히 높아."

"그건 남자들끼리 쓰는 말 아니야?"

"하지만 잉그리스는 웬만한 사내분들보다 싸움을 좋아하잖아요. 그러니까 꼭 틀린 말은 아닐 거예요."

"부, 부정할 수가 없네……."

"뭐, 하이랄 메나스를 완전히 다루는 방법이 있다면 나도 배우고 싶군. 그래야 비로소 너를 내 것으로 만들었다고 할 수 있을 테니까. 아루루."

"로스……."

아루루는 부끄러워하면서도 마냥 싫지만은 않은 눈치였다.

그러자 레오네와 리제롯테가 두 사람의 대화를 물고 늘어졌다.

"몸과 마음을……? 와, 혹시……."

"두 사람은 그렇고 그런 관계인 건가요?"

"응, 맞아. 라티와 프람한테도 지지 않는 러브러브 커플이야!"

라피니아가 진지한 표정으로 단언했다.

"어이! 왜 거기서 우리 이름이 튀어나오는 건데……! 엮지 좀 마!"

"하지만 사실이잖아. 그렇지, 리제롯테?"
"맞아요."
"오오? 무슨 일 있었어?"
"라피니아가 돌아간 뒤에도 야영지에서……."
"남들이 안 보는 장소에서 이런 짓이나 저런 짓을……."
얼굴을 붉히는 레오네와 리제롯테.
그만큼 자극적인 광경을 목격했다는 뜻일까.
프람이 얼굴을 새빨갛게 물들인 채 허둥대기 시작했다.
"아으으……! 죄, 죄송합니다……! 라티가 한두 번 경험하더니 상당히 적극적으로 변하는 바람에……!"
"우와아아아아악! 그만둬어어어어!"
어쩌다 보니 대화가 산으로 향하고 말았다.
"하아…… 청춘이네요. 갑자기 모든 것을 파괴하고 싶어졌어요."
"교장 선생님, 흉흉한 소리는 그만하시고 불순 이성 교제나 엄격하게 처벌해 주세요. 특히 라니를 위주로…… 아니, 라니만으로도 충분하니까요."
라티와 프람은 약혼한 사이니 무슨 짓을 해도 상관이 없었다.
로슈폴과 아루루도 아름다운 관계였다.
하지만 라피니아는 안 된다. 절대로.
애인이든, 불순 이성 교제든 절대로 허락할 수 없었다. 라니한테는 아직 이르다.
"자, 여러분! 잡담은 그만하고 작업으로 돌아가죠."

밀리에라 교장이 손뼉을 치며 주위를 환기시켰다.

"그렇다고 하시네요. 아루루 선생님, 작업을 빨리 끝내기 위해서 협력 부탁드릴게요."

"아, 알겠습니다……. 절 믿으시죠? 잉그리스 씨."

아루루는 잉그리스가 내민 손에 자신의 손을 얹었다.

그러자 눈 부신 빛과 함께 아루루의 모습이 변화하기 시작했다.

""오오오오오?!""

""이, 이게 하이랄 메나스의 진정한 모습……?!""

학생들이 환성을 터트리는 가운데, 아루루는 여러 개의 보석이 박힌 황금색의 방패로 변해 있었다. 잉그리스의 몸을 다 가릴 정도로 커다란 방패였다.

"방패……! 엄청 크다……!"

"그래도 무척 예뻐……!"

"박력이 대단한걸!"

"강해 보여요……!"

「잉그리스 씨……! 괘, 괜찮으세요?!」

아루루의 걱정스러운 목소리가 머릿속에 울려 퍼졌다.

"네. 괜찮아요, 아루루 선생님. 혹시 뭔가 이상한 점이 느껴지시나요?"

「저, 전혀요……. 아무것도 안 느껴지는 점이 이상하다면 이상하지만…….」

"그렇군요. 그럼 곧바로 작업을 진행하죠!"

고개를 끄덕인 잉그리스는 방패를 등에다 걸쳐 손을 비웠다.
그리고 수로의 얕은 부분으로 걸어가 비행 전함에 두 손을 얹었다.
"시작해 볼까……!"
「어, 어떻게 하시려고요……? 제 힘은 사용하지 않는 건가요?」
"아뇨, 사용할 겁니다."
단, 힘은 사용하더라도 방패를 사용할 생각은 없었다.
"그러면 갑니다!"
디바인 워크!
잉그리스의 발밑에 황금색의 파문이 일었다.
그리고 다음 순간, 눈앞에 커다란 호수가 펼쳐졌다.
호수면 위, 플라이 기어 도크 옆에는 비행전함이 떠 있었다.
디바인 워크로 비행전함을 순간 이동시킨 것이다.
디바인 워크에 숙달되니 이렇게 먼 곳까지 이동하는 것도 가능했다.
비행전함처럼 무거운 물체를 옮겨 본 것은 처음이지만, 무난하게 성공했다.
이것으로 디바인 워크의 숙련도가 한층 올라간 느낌이 들었다.
원래 디바인 워크는 한 걸음으로 무한한 거리를 이동할 수 있는 기술이다. 훈련을 거듭하면 이동 거리를 더욱더 늘리는 것도 가능하리라.
"네, 끝났네요."

잉그리스는 만족스럽게 웃으며 고개를 끄덕였다.

「에에에에에에에에엑?!」

아루루의 비명과도 같은 경악성이 머릿속에 울려 퍼졌다.

「바, 방금 뭐였나요……? 이런 게 가능하다니, 들어본 적도 없어요……!」

"일종의 비기랄까요? 아루루 선생님 덕분이에요."

잉그리스는 다시금 디바인 워크를 사용하여 일행이 있는 곳으로 되돌아갔다.

"작업 완료했습니다. 교장 선생님."

"어어……?! 아, 그렇군요. 저, 혹시 지금 볼트 호수까지 순간이동을 하신 건가요……?!"

"네. 비행전함은 플라이 기어 도크 옆에 세워뒀어요."

잉그리스의 답변을 들은 리제롯테가 하늘 위로 올라가 볼트 호수를 확인했다.

"저, 정말이에요! 비행 전함이 호수로 이동했어요……!"

""오오오오오오!""

""와아! 귀찮은 작업을 안 해도 된다!""

학생들이 환호성을 내질렀다.

"그러면 로슈폴 선생님, 아루루 선생님. 전투 훈련을 부탁드릴게요. 시간은 충분하죠?"

"나 원. 이렇게 터무니없는 기술을 보여줘 놓고 훈련을 시켜달라니. 나한테서 배울 게 있기야 하겠어? 단순한 교관 괴롭히기 같은데?"

로슈폴은 한숨을 내쉬며 어깨를 으쓱였다.

"어, 어쩔 수 없네요……. 로스. 약속은 약속이니까요."

"뭐, 나도 한 수 배울 수 있으니 손해는 아닌가. 인간으로 태어난 이상 늘 자기 자신을 갈고닦아야 하는 법이지."

"네. 함께 절차탁마하시죠, 선생님!"

"청춘이구만. 그러면 잉그리스 외에 또 훈련하고 싶은 사람?"

"저요! 저도 참가시켜 주세요……!"

가장 먼저 손을 든 것은 레오네였다.

"그러면 저도……."

뒤이어 리제롯테가 손을 들었고, 그 외에도 몇 명의 학생들이 손을 들었다.

"시, 신임 선생님과 친목을 다진다는 의미에서는 이것도 나쁘지 않겠네요……."

밀리에라 교장이 중얼거렸다.

"프람! 그러면 우리는 이 틈에 비행전함을 도색하러 가자!"

"네! 갈래요, 라피니아!"

"크리스~! 우리 좀 플라이 기어 도크까지 데려다줄래?"

"응. 알았어, 라니."

"잠깐만요! 잠깐만 기다려 주세요오오오!"

밀리에라 교장이 다급한 목소리로 외쳤다.

영웅왕,

극한의 무를 위해 전생하다

그리고 세계 최강의 견습 기사가 되다 ♀

# 후기

먼저, 이 책을 읽어주셔서 진심으로 감사드립니다.

영웅왕, 극한의 무를 위해 전생하다 8권이었습니다. 재미있게 읽으셨기를 바랍니다.

개인적으로는 무척 만족스러운 에피소드였습니다. 1권을 집필할 당시부터 생각했던 장면을 그릴 수 있었거든요.

이곳에 도달하기까지 다양한 플래그를 세워 왔기 때문일까요. 골인했다는 달성감 같은 것이 느껴집니다.

처음에는 5권쯤에서 이번 장면이 등장할 예정이었습니다만, 결과적으로 8권에 이르러서야 집필하게 되었습니다. 여러모로 예정에서 벗어난 전개들이 생겨나고 말았지만 어쨌든 무사히 여기까지 도달할 수 있었습니다.

그런데 막상 골이라 생각했던 지점에 도달했더니 아직도 갈 길이 남아있네요. 앞으로도 숨겨진 골을 향해서 정진해 나갈 생각입니다.

다만, 그 숨겨진 골이 어디냐고 물으면, 글쎄요.

작품을 이렇게 오랫동안 연재해 본 경험이 없어서 장편 시리즈를 어떻게 이끌어 나가야 할지 감이 잡히질 않습니다…….

경험이 풍부한 작가분들의 조언을 구하고 싶어도 상담을 해주실 작가 동료가 없다는 점!

예전에는 연말마다 HJ문고 시상식이 열려서 다른 작가분들과 교류할 기회가 있었습니다만, 현재는 폐지된 상태입니다. 어쩔 수 없죠.

돌이켜보면 즐거운 경험이었습니다. 다만, 2차로 가면 애니메이션화가 결정된 작가분이 한턱 쏘는 것이 전통이 되어버린지라, 만약 올해에도 시상식이 열렸다면 제가 계산을 했을지도 모르겠네요. 2, 30인분을 말이죠…….

겸업으로 일할 때는 혼자여도 딱히 외롭지 않았지만, 전업 작가가 되니 외로운 것을 넘어서 이대로는 위험하다는 생각이 들기 시작했습니다. 인맥이나 정보 수집 같은 의미에서도 말이죠.

시야가 좁아지면 자신의 작품 스타일이 시장에 통하지 않게 되었을 때 다시 일어서기가 힘들 것 같습니다.

전업 작가의 길을 걷기로 한 이상, 현재에 만족할 게 아니라 길게 살아남을 궁리를 해야겠지요.

그러니까 아무나 좋으니 동료 작가가 되어줘……!

마지막으로 담당 편집자 N 님, 일러스트를 담당해 주신 Nagu 님, 그리고 각 관계자분. 이번에도 발매를 위해 애써주셔서 감사드립니다.

이번 권의 표지도 신비로운 느낌이라 정말 좋았습니다! 이번에도 컴퓨터 배경 화면으로 지정했어요!

그러면 이쯤에서 물러나도록 하겠습니다.

영웅왕,
극한의 무를 위해 전생하다
그리고 세계 최강의 견습 기사가 되다♀

# 다음 편 예고

하이랄 메나스의 진정한 힘을 발휘하여
프리즈마를 격파한 잉그리스.

**하지만 목표는 더욱 높은 곳에 있었으니——**

잉그리스는 하이랄 메나스의 힘에 기대지 않고
단신으로 프리즈마를 격파하기로 맹세한다.

**그러나 다음 시련의 정체는……**
**맞선 보기?!**

**"저를 아내로**
**맞이하고 싶다면**
**먼저 저를**
**쓰러트리셔야**
**할 겁니다!"**

**영웅왕, 극한의 무를 위해 전생하다 ~그리고 세계 최강의 견습 기사가 되다~ 8**

2023년 02월 15일 1판 1쇄 발행

**저 자** 하야켄
**일러스트** Nagu
**옮 긴 이** 마일도
**발 행 인** 유재옥
**본 부 장** 조병권
**편 집 1 팀** 김준균 김혜연
**편 집 2 팀** 박치우 정영길 정지원 조찬희
**편 집 3 팀** 오준영 이해빈
**편 집 4 팀** 박소영 전태영
**라이츠담당** 김정미 맹미영 이윤서 이승희
**디 지 털** 김지연 박상섭
**미 술** 김보라 박민솔
**발 행 처** ㈜소미미디어
**인쇄제작처** ㈜코리아피엔피
**등 록** 제2015-000008호
**주 소** 서울시 마포구 토정로222, 403호 (신수동, 한국출판콘텐츠센터)
**판 매** ㈜소미미디어
**마 케 팅** 박종욱
**영 업** 박수진 최원석 한민지
**물 류** 백철기 허석용
**전 화** (02)567-3388, Fax (02)322-7665

**ISBN** 979-11-384-3587-1 04830
**ISBN** 979-11-6507-980-2 (세트)